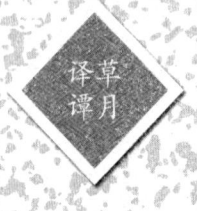

坂口安吾
SAKAGUCHI ANGO

吉林出版集团有限责任公司

都会中的孤岛

黄钧浩 译

本书译文由新雨出版社授权使用。

图书在版编目(CIP)数据

都会中的孤岛 / (日) 坂口安吾著；黄钧浩译.
—长春：吉林出版集团有限责任公司，2011.4
（草月译谭）
ISBN 978-7-5463-4896-4

Ⅰ.①都… Ⅱ.①坂… ②黄… Ⅲ.①短篇小说—小说集—日本—现代 Ⅳ.①I313.45

中国版本图书馆CIP数据核字(2011)第047098号

都会中的孤岛

作　者	[日]坂口安吾
译　者	黄钧浩
出品人	周殿富
创　意	吉林出版集团·北京汉阅传播
丛书顾问	李长声
丛书主编	田　原
策划编辑	渠　诚
责任编辑	聂文聪　曾雪梅
封面设计	未　氓
开　本	650mm×960mm　1/16
印　张	13.5
版　次	2011年5月第1版
印　次	2016年6月第2次印刷
出　版	吉林出版集团有限责任公司
发　行	北京吉版图书有限责任公司
地　址	北京市宣武区椿树园15-18号底商A222
	邮编：100052
电　话	总编办：010-63109462-1104
	发行部：010-63104979
网　址	http://www.jlpg-bj.com/
印　刷	北京航天伟业印刷有限公司

ISBN 978-7-5463-4896-4　　　　定价　29.80元

版权所有　侵权必究

目录

玩具箱…………………………………〇〇一
水鸟亭…………………………………〇四一
都会中的孤岛…………………………〇九七
中庸……………………………………一二一
沙丘幻影………………………………一五三
坂口安吾年谱…………………………一八五

玩具箱

オモチャ箱

说到才艺呢，有一种人，除了自己所擅长的技艺之外，别的什么都不会。如围棋、将棋之类，必须有特别的天分，才能在十四五岁就升上初段。有些人在这方面天赋异禀，但在别的方面却比不上一名小学生，简直像个白痴。然而这类特殊的畸形儿似乎都只能升到四五段而已，再来就升不上去了。能够成为名人高手的人，好像在其他方面也都很行，大都多才多艺，见解不凡。

文学方面，有时也会出现这类作家。世人对技艺的世界总有一种迷信般的偏见，以为表演者或艺术家净是一些疯子。其实那是因为工作性质使他们无法过有规律的生活，工作性质本身就是不规则的。不能因为他们夜晚工作、白天睡觉，就说他们全是疯子。

诸如才艺、艺术之类，本来就不能用家常便饭式的平常心来看待。前些日子，我去参观了将棋名人赛的最后决战，当时冢田八段花了十四分钟才下第一步棋。于是我问在旁观战的土居八段，说第一步棋能不能在前一晚就想好，他回答说：即使前一夜已想好，一旦临场对阵，也必定会改变主意。若是封手①之类，大致上走法都有限，可以想象得到，所以都会事先想好招数，可是一旦临阵交锋，往往又会改变心意，用了别着。

我们的工作也会出现这种情形。事先把情节或人物的行动都想好，等到面对稿纸时，想法却又改变了。

改变的原因是：前一夜的主意其实是我们用平常心想出来的，一旦面对原稿，自然就会受不了平常心的低俗。创作活动要求完全投入，若只是依计而行，那就不叫创作活动，而是制造手工艺品。即使做出了很好的手工艺品，也不能叫做创造艺术。艺术的创造经常始于不按计划行事。所谓预定计划，皆由该作家既有之个性而定，属于既有的力量。但艺术通常是自我的创造发现，必须不按既定计划行事，而且无法预测未来。必须是这种创造发现，才能叫做艺术。艺术具有这种性质。

所以，我们不能像办事员那样一板一眼工作。虽因工作性质的关系，生活变得不规则，但那是工作性质所致，而非此人具有这种性质。据说猪原本是十分爱干净的动物。日本

---

① 当天不能终局时，把最后一着写在纸上封起来，次日启封，继续对局。

人却把猪圈弄得特别脏，任何秽物都往猪圈倒，以为猪圈就是垃圾堆，殊不知猪是天生有洁癖的。据说若把猪圈打扫干净，则猪就会每天小心谨慎，努力保持猪圈的整洁。换句话说，所谓文人，就像日本的猪一样。因工作性质之故，生活才会乱七八糟，毫无规律，这是不得已的。其实呢，文人是非常严肃正经、循规蹈矩的。

文学为描写人性之工作，故文人必须通晓人性。在围棋、将棋界，可能会有一种"除拥有此道天分外，其他方面一如白痴"的专家，但世上恐怕没有"既通晓人性，又一如白痴"的作家吧？然而实际上还是有，只是极少见。用"白痴"这个字眼或许不太恰当，不过总而言之，有一个人就是如此。除了作家的工作外，别的方面他完全不行，一无是处。很多人都以为我也是这种人，其实他们错了。有些小说作家或诗人常受人误会，甚至连许多同业都误会，以为他们完全不能做现实上的事。其实那是错的。很多诗人都在写一些非现实的诗或是厌世的诗，其实他们的个性远比普通办事员更现实。正因文学即为人性，其本质即是如此，所以近代文学的文人之中不可能出现那种不食人间烟火的"骚人墨客"，他们的本性远比凡夫俗子更加庸俗而现实。

三枝庄吉是近代日本文学的特异作家，这是在宣传他写的小说时必用的词句。不过就我所知，他正是全日本唯一"除了写小说之外，其他方面一无所长"的作家。

他写的小说也可算是一种诗。他写作的原动力乃是诗魂。他是个无能的人,连赚钱的能力也没有,只会苦吟。他很穷,一直四处漂泊。然而,若有人认为他不通晓人性,那就错了。他对人性理解得既深刻又正确,所以才能一方面像活在梦幻中,一方面却又拥有比一般人更现实的本性。他可以挥金如土,但本性却一毛不拔,亦即比一般勤俭刻苦的人更加爱财惜物。他既是守财奴,又是散财童子。近代文士都很现实,这是因为他们通晓人性。既然通晓人性,那就一定了解自己。"知道"人性中的这种执念,就等于自己"拥有"这种执念。假如说人类是既复杂又固执的动物,那近代文士就全都是既复杂又固执的。但他们同时也是挥霍无度的人,而且拥有一个宛如梦游者般的梦幻人生。

  大致而言,我们这些穷作家钱包内偶然有钱,并不会想要赶快花光。假设有三名文士聚会喝酒,而且身上都有钱,那么在结账时,一定是最穷的那个最卖力地抢着要付账请客。我自己就经常这样。喝酒时夸下海口,说今日全看我。待账单送来,一摸钱包,方知银两不够。一急之下,赶紧悄悄搜遍全身,还是没有。此时最富有的那位作家就会从容不迫掏出饱满的钱包,付账了事。三枝庄吉也是这种"抢着付账单"的分子。世上没有人比此帮分子更了解穷困的痛苦与金钱的可贵,但他们钱包内的钱却都像长了脚似的,老是自动跳出来跑掉。此即所谓"人生不如意事十常八九"。每天早晨他们都会追悔莫及。他们的妻子总是抱怨说:"没米没菜了,今天要吃什么?"那时他们就会目射寒芒,反瞪回去，仿佛把她们视为"诅咒之魔"，然后用棉被把头盖住，或者抱起胳膊，转头不理。

庄吉时常搬家。每一处都住不久，长则半年，短仅三月。这是被酒债、米钱和房租逼的。他生平最怕"印半缠"①。因为他债台高筑，被迫在东京市内四处逃窜，那些前来讨债的店主和店员身上都穿着印半缠。他们骑着脚踏车，威风凛凛，杀气腾腾，朝他冲过来。他每次都吓得跳上计程车，逃往目的地。司机会以鄙视的眼光看他。他羞愧万分，无地自容，却无可奈何。到了目的地，还要那边的主人替他垫付车钱。他一辈子都必须卑躬屈膝，而且一辈子都必须花这种钱。真正富有的人是用不着搭计程车的。

他的妻子早已习惯了这种苦日子。虽然安贫乐道，却不是真心喜欢贫穷，只是自然而然变成那样罢了。这都是他的小说造成的。

庄吉所写的小说，里面的主角总是他自己。他写的是自己的生活，不过并非现实中的生活，而是把"希望能怎样，若能怎样那该多好"的想法写入小说中。但他并不是写"想要变成大富翁"那类做梦也不可能出现的事。所谓作家，就是最能预测"自己的人生"的人。因此他认为"自己已不再贫穷"是一种不可容忍的奇思妄想，艺术是不能容许这种空想的。在作品中，他总是把自己写成一个穷光蛋，经常搬

---

① 日式短袖外衣，经常在正面印有圆形的小店标记，一般为深蓝色布做的。

家，甚至连夜潜逃，或在别人家中寄食；有时会在一些叫鬼泪村或风祭村之类的地方，趁夜潜入酿酒厂的仓库，在那边偷酒畅饮，有时却偷不到酒；一借到钱就去邀亲朋好友聚会联欢；或是和那些冷血残酷的坏老板大战一场，让人大吃一惊或吓自己一大跳。在作品中，他的妻子虽然老是在欺负他这个一无是处的丈夫，但也会吹着口哨在林野间闲逛，还会在溪边梳理头发，并且把一双玉足浸在溪水中，一副了无牵挂、超凡脱俗的样子。

因为妻子原本就有一点这类气质，所以庄吉这么写。既然这么写了，妻子自然就变得更具这种气质，于是庄吉又写得更多，就这样互相影响，循环下去。不过，写作虽没有什么限度可言，现实中的人类却有其限度。到了"这样写已经不行了"的时候，悲剧就发生了。

其实他的作品也已到达极限了。"想要变成怎样"的写法已登上巅峰，或者说已跌至谷底，已经无法填补作品和现实的裂缝了。因此，他需要一种艺术上的转机，他必须破茧而出，回归现实。形成其作品根基的，正是这种现实。但话说回来，若此事能轻易达成，那艺术家就不可能遭遇什么悲剧了。

庄吉的作品中不会出现小酒瓶，出现的都是大酒桶，甚至狂欢畅饮的大型酒宴。要比烂醉如泥的话，他的作品在文坛上是排名第一的，但他本人对喝酒却不擅长。

他的身体原本就很虚弱，所以酒量不会很好。他连神经都会受酒的影响。饮酒时，若对方先醉，他就会感受到压力，再也喝不醉了，而且会把腹中黄汤全吐出来。和个性不合的人一同喝酒时，也不会醉，只会吐。每五次中就有四次是这样。不幸的是，他又很胆小，不喝醉就无法跟人交谈。他心中渴望别人来找他，但他又有忧郁症，不借酒力就无法敞开心扉畅谈。所以，每当有访客来，他就赶快叫妻子跑到酒铺赊酒。访客早上来，他也喝；深夜才来，他还是喝。每家酒铺都成了他的大债主。他还不辞劳苦，跑到距离很远的酒铺去敲门，就像在敲医生家的门呼救一样。等到附近所有酒铺都拒绝赊酒给他的时候，他就只好连夜搬家，逃往新天地去。由于这条路能为他的人生输入活血，所以也无可奈何。

　　他是个"贵公子"，因为他的灵魂在极度贫穷中仍彻底保持高雅。

　　他有一双能够看穿近代作家本质的鬼眼，同时又具有日本传统文人的气质。他明知小说只是商品，却又认为艺术应该高雅特殊、超凡脱俗，应该是特定人物的特权。他很自负，正因为一辈子都很自负，所以灵魂即使在贫穷之中也能保持高雅。又因为这样，所以他的作品就变成了一种带有文人气质的玩具，而且其内容和现实间的差距也愈来愈大。

　　换句话说，因为他知道自己虽贫穷却高雅，所以就勉强闭上那双鬼眼，跳进文人趣味之中。他的玩具成了特定人士的玩物，成了他自己的玩物，涵盖了顽固的手工艺品性质，艺术原本具备的那种带有全部人性的生命力逐渐薄弱下去。到了四十岁，他更加贫穷，作品也就愈来愈"在姿态上"保持高雅。不久之后，竟为了保持那种姿态而陷入缚手缚脚、四处碰壁的危机当中。

因闭上鬼眼，所以显得很不自然。他的作品虽具幻想性，但鬼眼亦有鬼眼的幻想，他却故意闭上鬼眼，把艺术本来应有的做法全部抛弃，一心偏执于文人趣味式的幻想。所以说他的作品只不过是手淫自慰，实际上既拯救不了他，也提升不了他。

他最贵重的财产是个纸箱。原本那纸箱已被当做抵押品，留在债权人那边，后来终于拿回来。箱中塞满了他一生的作品。他并非流行作家，单行本只出了两册，其余的作品都要从报章杂志上剪下来保存。箱中的剪报就是他所有的作品，他视为珍宝。以前由于被当成抵押品，他常坐立不安，闷闷不乐，老是说："没有那个，我就没命。"后来有个叫栗栖按吉的晚辈——一个穷困的新进作家，因很同情庄吉，便帮他还了债，把纸箱赎回来还他。当时庄吉十分欢喜，将那纸箱放在枕边。从此以后，他便经常半夜不睡觉，在那边翻箱寻稿读旧作；早上起来后也一直在高声朗诵；喝醉之后，就把妻子叫过来，兴致勃勃地朗读作品给她听。天下最喜爱那些作品的人就是作者本身，其次是他的妻子。其妻原本就是他的作品迷，学生时代就曾特地跑来访问他，然后和他恋爱、结婚，所以说是个老牌的忠实读者。从那时开始，她就身不由己地变成作品中的人物之一。她很喜欢作品中的自己，所以尽量照着做，让现实上的自己和文中人物趋于一致。艺术模仿自然，自然也模仿艺术。这也是作品具有现实性，能让她信服的缘故。无论幻想性多么强，作品的根底也必须有现实性。根必须扎在现实之中，枝叶与花果才能虚构出来。

不过，丈夫近来的作品已无法让妻子满足了。也就是说，作家的根底已远离现实了。

他深爱妻子，却克制不了好色之心。以前有个女学生，也是他的忠实读者，也曾来造访过他，后来当了酒家女。有一次，数十位文人要分头描写所谓的"新东京风景"，庄吉负责的是日本桥的部分。他在该地探访时，和那酒家女不期而遇。从此以后，他一喝醉便往那个酒家跑，并且死皮赖脸向那酒家女求欢。然而那女子早已不同往日了，若是有钱的绅士，她可以和对方云雨三天三夜甚至七天七夜，没钱的就不行了。庄吉连上酒家买醉寻欢的钱都没有。他每次都是跟一些晚辈或门徒去小吃店喝酒，如果看到那些人身上还有钱，就命令他们陪他上酒家。他绝不和前辈或同辈去，因为那样就不能在娘们面前耍威风了。虽然他带那些后辈去就可以大摆架子，但没用。在秦楼楚馆中，最让那些莺莺燕燕瞧不起的，就是这种身无分文却又傲慢无礼的客人。庄吉还一直以为那酒家女在学生时代曾是自己的忠实读者，想有机可乘，要趁隙下手。无奈对方早已把他忘了，只觉得被讨厌的人纠缠不休，更加不愉快。然而庄吉仍不醒悟，只要一喝醉，必定往那里钻，虽已神志不清，却仍再三示爱，结果不但被撵出来，还一直接到对方的讨债信。即使如此，他还是我行我素，一喝醉就跑到那边去，没完没了。当然啦，成功的指望是一点也没有的。

若只是这样倒还好，实际上则不然。他有个门徒，和他是同乡，就住在附近。此人有个稍具姿色的妹妹，经由庄吉的介绍而当了杂志社的事务员。从那时开始，庄吉每次喝醉就往那门徒家中跑，在那边强索酒喝，还赖着不走，硬要住一宿。到了半夜就爬进其妹的被窝中，企图摧花折蕊，也不管其母就睡在一旁。被撵出来后，他仍再接再厉，不屈不挠，三番四次强攻玉门，最后筋疲力尽，自然倒地不起。这边也是没有成功的希望。

接下来他又对一个新锐女作家下手。他曾为文大褒此女之作品，因而相识。此女是某位畅销作家包养的侧室，但庄吉不管那么多，只要一喝醉，就往她屋里闯。"每次醉酒就必定要跑去找姑娘"已成为一种梦游般的行动，对他而言，已是一种无可奈何的宿命。

远征军式的梦游倒也罢了，他却不仅如此。其妻有位妹妹，年纪很小，还在念中学四年级，但身体已发育得有点像小姐的样子了，是个美少女，姿色比其姐姐更具魅力。有一次，这小姑娘留宿在庄吉家中。因值盛暑，需用蚊帐，不巧蚊帐只有一顶，只好挤在一起睡。当夜庄吉就因喝个烂醉做错事了。他梦游般跨过儿子的床铺，攻破妻子的路障，扑向那漂亮的女孩，结果被妻子揪着衣领拖回原位。但他百折不挠，打死不退，奋斗了三个多小时，直到东方既白也未成功，最后终于力竭倒地。如果只是这样倒还好，但不然。

好色之心，人皆有之，不能说因酒醉才想要风流。他有一双慧眼，能够冷静观察好色之心的本质。他必须用这对慧眼来作为作品的根底，但他却将此慧眼当做庸俗之物。他以自己和妻子为主人公，编造了一些梦幻故事，却没有用上这对慧眼，因为那些梦幻故事中全无真实的生命，无血亦无肉。做妻子的已经再也无法信服夫君的作品了。

猎艳之欲人人有，庄吉自然不例外。他虽然风流成性，贪花好色，一喝醉就想要乘鸾跨凤，但仍是个气质非凡的人，其灵魂仍是高雅脱俗的。对自己的本性，他装成视而不见的样子，全力去编写美丽的梦幻故事。他原本打算让剧中人拥有自己真正的人格，将实际的人生写成卑鄙庸俗的模样，却写不好。若不植根于本性，岂能完成有血有肉有人格的创作？他是个高风亮节有气质的人，所以即使曾经强暴小姨子未遂，其妻仍然认为他是超凡入圣的。他的作品中，人物都已缺乏现实的根底，他自以为是，不顾他人。他还抱着愉快的心情在翻那玩具箱，从而发展那些玩具的人格，于是裂痕由此而生，破绽因之而现。妻子不再是夫君的忠实读者。对作品中的人物，妻子只有怀疑与轻蔑，连带也就蔑视现实中的丈夫。连丈夫那难以侵犯的高风亮节，如今也已被她视为赝品伪物，认为那些全是谎言假话。

庄吉已经四十岁了。他相信妻子，疼爱妻子，依赖妻子。可怜的他，作品的根底已脱离现实，冷酷的鬼眼已紧紧闭上。他已习惯了，但他那梦幻式的作品却写得很像他现实中的表面。他愈来愈分不清梦幻与现实。

他从杂志社领了稿费。妻子在家引颈企盼，巴望他早点回来，因为讨债的催得急，还有小孩的学费、餐费等，都必须靠他。他担心债务和小孩学费的程度绝不亚于妻子，也很希望能将怀里的稿费全数交给妻子，却办不到。如前所述，那些钱似乎长了脚，会自动跑掉。他领到稿费，必定先去呼朋引伴，放怀痛饮，把酒言欢。起先会想，喝一杯就好；不料却两杯、三杯、十杯这样一直喝下去；又打电话去邀很多晚辈来同饮共醉，大逞威风。他的作品中有个叫巴尔晋的人，最喜欢吟唱一些诗歌。他喝完后，就会去买一支田径赛用的标枪，然后高声吟咏巴尔晋爱唱的诗歌，把自己当成雅典娜的市民或雅典娜的选手，一路唱到家里。那时他已身无分文。妻子一转身，就跑到另一个房间去饮泣了，一直哭到天亮，切洋葱做味噌汤时还在哭。此时丈夫若呼唤妻子，妻子也不会有回应。

这种悲哀，他并未视而不见。生活贫困，他比妻子更加难过；债台高筑，他比妻子还要痛苦；对小孩的学费，他比妻子更加忧心。然而，就像其作品在根底上已和现实绝缘那样，他本身也必须跟现实绝缘，否则无法生存于世。他把债务视为"拉曼查绅士的水车妖怪",与之战斗。他将小姨子当成"达尔西尼亚的名门闺秀",拼命追求。"孤傲的文学"或"游吟诗人的异色文学"之类,都是宣传其作品时必用的文句,他虽然一个字也不信,却已经能够让自己挺胸抬头,认定"我正是这种作家"了。

他悠游于自己的作品世界中。其作品之根底虽已远离现实,他却故意让自己毫无所觉。其作品当中仅有现实世界之皮毛,他却成为自己的忠实读者。他陶醉在自己的作品之中,蔑视自己今生的低俗,忽视自己现世的卑微。他如果不这样,就会受不了现实中的痛苦,窒息而死。

一些同行和批评家至今都还在那种敷衍了事的文艺时评中夸奖他,说其作品是孤傲的文学、特异的文学。作品既然还能换钱,他就勤于笔耕,时常乱写一通。然而这么做是无法骗过妻子的。作品内容和现实在根底上差距太大,剧情完全不符,这些不必用头脑去想,只要以亲身经验便可判断。

然后就发生了一件令其妻无法忍受的事。

庄吉一家后来搬到一栋叫疑雨庄的稍微清洁的小公寓居住。房东太太是人家蓄养的姜妇,为了赚点零用钱,便叫其夫给她买了这栋公寓,让她收房租。其夫是个酒鬼,每晚必喝一升酒,但那方面已完全不举。房东太太则是艺伎出身,早经沧海,岂耐浅滩?因此不安于室,人尽可夫,公寓内几乎所有男人都是她偷过的汉子。

丈夫若来晚酌，她就叫男人来同乐，庄吉也是其中一人。她有二十七八岁，生得美艳绝伦，风华绝世。由于是艺伎出身，举手投足皆带俏，一颦一笑俱含情。对庄吉口口声声称"三枝大师"，时时巴结逢迎，刻刻撒娇拉拢。庄吉爽极乐翻天，从此只要一喝醉就跑进她的闺房。他酒醉之后就会喋喋不休，声如洪钟。平常是声若蚊蚋，喝醉后就判若两人。他身材矮小，骨瘦如柴，不知为何竟能发出那种破铜锣似的声音，还像拉拉队那样手舞足蹈。然后又用鸭子的沙哑嗓子对着俏佳人极力奉承，拼命求爱。由于声音太大，响彻全楼，所以房东太太每次都会说："哎哟，大师，会被令夫人听见的。"

因她说这话时还故意嗲声嗲气，频送秋波，所以庄吉更加欣喜若狂。有一次他回答说："我最讨厌我妻子了。她一年到头都在剥笋壳、切洋葱，只会哭。从早到晚都这样，我又不是每天都要吃几百枝笋。那女人剥一枝笋竟然要花五个钟头，简直是老巫婆！她除了会施巫术外，对人生一点心得也没有！"

此话传至其妻耳中，难怪罪无可逭。日本的为人妻者大都兼做女佣，并将主要精力放在此副业上。这并非她们乐意如此，而是情非得已。因为丈夫无能，以致妻子无法和丈夫及朋友同乐，只好忍气吞声，含泪剥笋。但是丈夫却不怪罪自己的无能，反而说妻子低俗下贱，是个老巫婆。任何一个丈夫都会因自己的无能而将妻子塑造成一名老巫婆，对荡妇艳妓却是百般奉承，捧为天仙。这些人都是无耻之徒。于是做妻子的当然会将那些娼妇、艺伎和为人妾者视为仇寇。若没看见或没听到，那倒也尚能忍受；但若亲眼目睹或亲耳听闻，那还得了？必定是火冒三丈，怒气冲天。然而庄吉之妻都忍下来了。但接下来庄吉就更过分了，他和别人去看戏，喝个大醉，高高兴兴回到家里后，竟然不进妻子的房间，反而跑到房东太太的香闺，在那边把酒言欢，大声谈笑。以前的话，无论是截稿时间已到，或是妻子将锅鼎敲得锵锵作响，他都只会干瞪眼，并且置之不理。现在若是房东太太唤一声"大师来一下"，他必定飞奔而去，脸上有一半是十分为难的表情，另一半则是喜上眉梢的表情。到了半夜才回来，而且已经烂醉如泥，要写小说也来不及了，难怪会穷一辈子。

不过，庄吉的心事也不是简单平凡的。他完全不受女人青睐，而且被房东太太玩弄于股掌之上。因他在这方面极为幼稚拙劣，只会耍赖吵闹，所以房东先生很信任他。于是房东太太就勾引他，顺便把男人带出来。譬如，先把他灌醉，让他飘飘欲仙，然后向大师说我有事要办，或者说要出去买些东西、要去见一个人、要去找个人来等，然后偷偷溜走。只要给他一些从小吃店买来的劣酒，就可以出去偷两小时的汉子。她的姘头经常换人，唯有庄吉没被换掉。最近还更加鄙视庄吉，只说一句"啊，对了，大师，我忘了"，然后哼了一声，就跟别的男人走了。惨到这种程度，庄吉也心知肚明，却无力抵抗。他已完全被这美艳妖姬的魅力所制伏，只要对方说两句好听的,他就欢天喜地,笑逐颜开。真是万分悲惨,极度可怜。这种事当然不能对妻子说,于是他便在作品中把自己写成一个大受女人欢迎的风流才子,是房东太太的意中人,威风八面,却要其妻原谅他,一想到此事就悲从中来。他埋头写作,废寝忘食,认为这些就是艺术的可贵之处。他写的都是梦幻故事,和他的本性毫无关联。他想要变成作品中的人物,而且时常朗诵自己的作品,边读边掉泪,自己都非常感动。在他的妻子看来,这些作品愚蠢无比。她认为丈夫写的小说已一文不值了,只说了一句"你这废物,给我记住",然后就失踪了。

庄吉如此迷恋房东太太,并非出于爱情或贪花好色,而是因为在文学上已走投无路。没有任何女子对他感兴趣,他一辈子都被女人利用,被当成她们偷汉子的工具,一辈子都受到美女的轻视与欺负。悲惨到什么地步,他自己心里也有数。对方的甜言蜜语全是虚情假意,他也早已看穿识破,却无法自制,只要人家一撒娇,他就眉开眼笑,心悦诚服。这是极度愚蠢悲哀之事,既不好玩又不好笑,但他无可奈何。一个艺术家要是对艺术丧失自信,那他的人生就完了,前途必是一片黑暗。那些事毫无乐趣,也不是他想做的,但他却一头栽进去,沉迷其中无法自拔。这就是所谓的颓废派艺术家。这就是丧失自信后必然的发展,是宿命般的结局。

妻子失踪了几天,仍未回来。庄吉失魂落魄,六神无主,痛苦不堪。房东太太却冷言冷语讽刺道:"哎呀,你太太一定是跟男人跑了,真是知人知面不知心呀!你也真是没用,还那么爱她干什么?"语气明显流露出侮辱之意,眼睛里也充满嘲笑的神色。然后又说:"大师啊,你也可以去拈花惹草,偷香窃玉呀!"

庄吉已自暴自弃,万念俱灰,便回答说:"夫人,你我去共度春宵吧!好不好?走吧!"

房东太太苦笑道:"大师,你有共度春宵的财力吗?"

一招就让庄吉断头。

庄吉如果当机立断,让自己的首级钻入地下就好了,谁知那颗头颅竟轻如鸿毛,飘浮在半空中,撞到墙壁后又去撞隔扇,然后反弹回来,撞到柱角,擦破鼻子,他皱了皱鼻,愁眉苦脸,旋转了五六圈才落地。他很想闭目掩耳,当场开溜,却又忍耐下来,像个妖怪般卷起袖管,上前迎战。

他说道:"我是很穷没错。我三枝庄吉一贫如洗,两袖清风,这是天下皆知,世人俱晓的,我绝无掩饰,毫不隐瞒。但我是艺术家,我十分伟大,万分崇高。我又瘦又小又干枯没错,那也没办法,因为我很穷。"

到底在说什么,他自己也不明白。他很害怕,想溜之大吉,却全身发软,无力逃遁。他已自暴自弃,只能声嘶力竭大吼大叫,说些自己也大感意外的话。

"我看,你要到死才会明白。"

房东太太倚在门边说道。此时有一名手拿毛巾肥皂的男子从别的房间来到走廊上。此人也是房东太太的情夫之一,他问道:"咦?死?"

"我是说,他这毛病,不死就不会好。"

"啊,你在说他呀!"

"对!"

房东太太点头道。

"我看他是不见棺材不掉泪。先生,今晚带我出去对酌畅饮如何?"

说完就跟那男子勾肩搭背,一同离去了。

过了几天,庄吉之妻总算回来了。

不做事是最痛苦的。因为那样,才变成这样。有工作可以做,却做不出来。女人和酒只是梦中之梦、幻影中之幻影,除此什么都不是。

于是他写信给晚辈栗栖按吉,说自己打算暂时离开妻儿,专心创作,问他那边有无合适的房间可租下来。回信立刻来了,信中大意是说,不巧已无房可住。庄吉原本只是一时兴起而已,其实他一刻也离不开妻子。他看了按吉的回信后,松了一口气道:

"喂,他说没房间了。那就没办法了。反正我不管怎样都不想住在这里,我要到小田原去,在那边洗心革面,重新做人。"

"我不去小田原,我不想和妈住在一起。"

"可是没办法呀!我已经文思枯竭,再也写不出来了,又没有其他地方可去。只要我们搬到小田原,我就能够埋头创作，文思泉涌，写出旷世名作来。"

"行李怎么办？"

"就拜托房东太太让我们暂存此处好了。"

"房租付清了吗？"

"稿子写不出来，哪有钱？上次借的钱也还没还，她绝对不可能再借给我。总归一句话，只要到小田原去，只要不在这个房间，我一定写得出来。写好之后就有钱付房租了。"

"但现在不付清行吗？要怎么办？趁夜潜逃吗？行李呢？"

"所以说，要先去拜托房东太太，让她了解我们的苦衷。"

"你去！"

"我不行。"

"你不是她的闺中密友吗？"

庄吉抱着胳膊，黯然神伤，沉默不语。其妻见状，暗忖自己也是失踪之后才刚回来，夫君这陈年的创伤也该抚慰一下，于是便说：

"那我去好了。为了房租，让她数落一顿也没关系。我要光明正大去见她。"

"好，行李方面也麻烦你了。"

事出所料，房东太太听了以后，竟然一反常态，和颜悦色，满口应允，而且还马上跑来跟庄吉说：

"你要回故乡去了呀？真舍不得你呢！下次上京，别忘了来这儿坐坐哦！如果你打电话邀我去银座玩，我一定会火速赶到的。就算三更半夜也不要紧，我会立刻起床的。今天我开个惜别之宴欢送你,好不好?"

"可是我必须赶去坐火车了。"

"哎呀,才到小田原而已,坐哪一班火车都可以到,不是吗?大师呀,我此刻虽无饭菜,水酒倒是还有,你我共饮几杯如何?"

"我必须要在天黑以前赶到。"

"哎哟,回老家还这样!夫人,你看看他,这么无情,真狠心呀!夫人,把你丈夫借我一下如何?只要一小时就好。你先去整理行囊好了。大师,你真是太见外了。"

庄吉被房东太太请入香闺,接受热情款待。行李打包好了,后悔莫及的一小时也到了。庄吉之妻道:

"时间到了,该走了。"

"哎呀,小菜才刚送来!大师,美好的时光现在才要开始啊!"

妻子置之不理,见丈夫已喝得醉眼蒙眬面红耳赤,便一把抓住他的手臂,说道:

"快走!"

"你也来干一杯吧。"

"看吧!夫人,你这样做会讨人厌的。大师,你看她,真是土呀!"

"什么土?要你管!你是什么货色?以前是当艺伎的,现在只不过是人家的姨太太罢了!我可是正儿八经的元配夫人呢!"

在这时候扬眉吐气,倒是有点怪怪的。庄吉尚未到烂醉如泥的地步,而且心中还残留着被迫下乡的悲哀,因此乖乖站起身来。房东太太也倏然起身,跑到庄吉背后,要帮他披上和服外套。庄吉之妻一言不发,伸手抢过外套,一把搂住矮小的庄吉,像要抱起来般将他推到走廊。

"大师,我会等你的。你要是上京来,可要赶快打电话通知我哦!"

庄吉想要转头道别,却被妻子掐住后颈部,将头扭回来,并且推向大门口。庄吉被推过来拖过去,踉踉跄跄跌跌撞撞,来到大街上。等到他站定后,猛一回头,房东太太已不见人影了。

"哼!活该!死样!"

妻子怒火难消,愤懑不平。房东太太大概已在闺房中笑得东倒西歪,满地乱滚了吧?其实庄吉所受到的讽刺、侮蔑、玩弄、嘲笑,远比其妻更多,庄吉自己也心知肚明,然而他只怪自己,不怨天尤人。工作!工作!他现在只想把工作做好。就这样,庄吉离开京城,流落到乡下去了。

庄吉之母在丈夫亡故后便一直在小田原的老家过着孤独的生活。她个性坚强,不让须眉,而且常年担任小学教师,所以耐得住寂寞。其实她尚未守寡之前,就已习惯过孤单的日子了。因为其夫原是专跑外国航线的船长,大半时间都在海上度过,偶尔回国也甚少在家,大都跑到青楼妓院去买醉寻欢，有时还带着尚在读中学的庄吉同去，就睡在秦楼楚馆脂粉堆中。庄吉之母每次和丈夫见面就大打出手，宛如不同门派的剑客在生死决斗。她已习惯了那种生活。

尚未成年的庄吉花钱如流水，其父的遗产转眼间就被他挥霍殆尽。因负债累累，房子抵押后遭充公。执法的官员一来，庄吉就逃离故乡。后来他和一位喜爱文学的少女同居，过着如同儿戏的生活。写好的稿子卖不出去，又被酒债、米钱和房租逼得走投无路，四处流窜，浪迹天涯，无地可容其身。屡次逃回老家，借口小孩生病，企图向老母要钱。其母担任多年教师，攒了不少私房钱。她一眼就看穿庄吉是想要来骗走那些钱，所以一毛都不给。庄吉无家可归又无计可施时，就会逃回小田原的老家，写写稿子勉强糊口度日。他每次领了稿费就会再度搬走，这已成了习惯，所以和其母之间已无亲情可言。对其母而言，他只是个爱找麻烦的讨厌鬼。

但这次庄吉搬回乡下后，却有了很大的收获。东京第一流的大报居然来邀稿，欲在报上连载其小说。近年来在报纸上连载小说已赚不到什么钱了，领到的稿费连廉价的劣酒也买不起；但当时却可赚很多钱，尤其这次来邀稿的是第一流的报社，稿费更是少不了，庄吉的生活因而可以一举改善。

庄吉的作品一向被称为孤傲的文学或斯多噶派，他本人也很想那么写，但实际上并不是这么一回事。他只是因为穷怕了，想要多赚点钱罢了。可是他却打肿脸充胖子，故作清高，说努力工作就好，别提什么钱财银两。他还有一种妄想般的看法,认为只要能摆脱妻子儿女的羁绊,闲居独处,就能立刻写出传世名作来。

然而实际上,他拥有一双极度冷酷的鬼眼。所谓文学之类,有多少斤两,他可是一清二楚。所谓艺术,听起来好像很神秘,充满妖异之气;又好像极其崇高,有如神圣之物,其实不然。歌德的所谓代表性杰作,是他在偶然间读到莎士比亚作品之后,深受感动,想要学着写,才在仓促之间匆匆忙忙写成的。自古以来所谓的杰作,大都是为了赚钱而随便乱写出来的。巴尔扎克写作是为了赚钱去旅游玩乐;契诃夫因剧场老板规定了不合理的交稿日期,才苦着脸开始写作;陀思妥耶夫斯基甚至可以为迎合读者喜好而随便更改人物的个性。他们迎合各种低俗的交易,将之化为灵感,变成拿手绝活的根源,他们只不过有这种变化的才能罢了。即使去迎合通俗杂志那种极其低俗的要求,也可能会写出旷世杰作来。这些内情,庄吉其实都很明白。

事实上,文学就是这样。有人认为自由很重要,就跟作家说:"随你自由发挥,请写出杰作来。"如此一来反而令作家大感为难,不知所措。这种情形很常见。因为一个作家真正想要写的或不写出来不行的,并不会很多。所以,若是那些通俗杂志来邀稿,指定作家去写,反而比较容易出现好作品,作家会因此而写出有特色的杰作。因为若是作家独自一人思考写作内容,就会被自己既有的极限所束缚,难以脱出牢笼。若从别处得到一些完全料想不到的线索头绪,就能轻易跳脱出自己既有的界限范围，能够写出预测不到的内容，发现新的自我，提升自己的境界。因此，若以为只要远离家庭的羁绊，不受任何人的干扰，便能写出杰作来，那就错了，那只是空洞的梦呓而已。其实，就算边哼歌边写，也能成为杰作；在喧闹的市井中写，也会出现名作。若以为在幽房静室中正襟危坐才能写出杰作，那就错了，这种想法乃是悲惨的迷信。

同样的道理，有一种精神主义，认为"不求名利，但求尽心，即可做好"，这在文学上也是大错特错的。作家需要精神上的奖励，方能充分发挥自己的才华。所谓精神上的奖励，其实就是名和利。没有这种奖励的话，即使天赋异禀，也无法充分发挥。像陀思妥耶夫斯基这样的伟大天才也被世人忽视了二十年之久。他写了许多劣作，一直在模仿别人，两头落空，完全显现不出自己的力量。天下没有比"落伍者"更自傲的人，然而自傲不同于自信。一个人的自信是别人给的。换言之，是因别人承认他才高八斗，他才会拥有真正的自信。像陀思妥耶夫斯基这般的天才，也要在才华受到万众肯定而名利双收之后，方能建立自信，进而展现出全部才学。

一个默默无闻的作家会因对未来充满希望而全力以赴。但庄吉不同，他本已小有名气，后来却走下坡路，始终无法更上一层楼，大部分作品都换不到钱，老是遭杂志社退稿。这种状况持续很久，他终于丧失自信，迷失自我。他因自傲而拼命写作,却白费工夫。愈努力写,副作用就愈大。他的作品内容空洞,废话连篇,只会卖弄奇巧,已经远离自我,仿佛一件复杂的手工艺品。他殚精竭虑,呕心沥血,写出来的却全都是一些宛如仿冒品的小说。

庄吉拥有一双近代作家的鬼眼,具备极端现实的眼光见识,所以早就看出这些事的真相。然而那个时代的一般观念却不给他机会,让他的自觉得不到信心。他丧失了自信,于是一直偏执下去,完全倒向以趣味取胜的文人墨客那边。他无法怀着自信去了解真实的自我以及文学的真相。

所以他言行不一,心口相异,嘴里虽然老是说:"我再怎么需要钱,也不会向通俗杂志投稿。我绝不写什么杂文之类,即使有人来邀稿,我也不写。"其实他心里却不这么想。他装出圣洁的样子,却只是自欺欺人,徒劳无功。

可以在东京第一流的大报上连载小说,对他是一大鼓励,但他却无法静下心来写作。他老是在操心小孩上学的事并挂念妻子的事。他一见到母亲,就写不下去了。他已习惯了这种无聊的文人作风,具备了这种幻影般的习性。他的时间都浪费了。于是他在小田原的一家宾馆租了一个房间,摆出日本流行大作家执笔时的姿态,打算好好写一篇。然而事与愿违,他的心里还是只想别的事。譬如,这篇小说登出来以后,还要再过四五个月才能领到稿费;要是报社说写得太烂,不肯刊登,那么这间房的住宿费要怎么付?他光想这些事,小说却写不出来。

好不容易才得到精神上的奖励，燃起了写作的热情，实际上却毫无用处。心中虽闪过一丝灵感，写作上却迟迟没有进展。他开始怀疑自己的能力。由于开始的时候他自视甚高，所以这时也格外沮丧，失去自信的程度也特别严重。他五内如焚，心焦不已。他的一颗心已彷徨在迷宫之中，徘徊于旷野之上。

他的近作原本就已脱离现实，其根底早已和他的本性两相分离。那些小说只是他苦思之后做出来的手工艺品而已，他早已到达极限了。为了要超越极限，为了要破茧而出，让其作品恢复本来面目，符合其自我，他需要一些契机以及有条件的精神奖励。但现在他却让这份天降的福气轻易溜走了。更为甚者，如今这份福气却反而让他更加焦虑，更加沮丧，更加空虚。

他在宾馆中望着稿纸发呆，一筹莫展，无计可施。然而在表面上，他依然是个能够在大报上连载小说的大牌作家，所以有些乡里的后辈就会跑来瞻仰晋谒。于是他就邀这些人去狂欢畅饮，喝个痛快，并且大逞威风，硬充好汉，说："我赚了很多钱，你们尽量喝没关系。今时不同往日，我已经不是以前那个三枝庄吉了。喝日本酒会消化不良，有没有威士忌呀？好酒全部拿来！"最后大醉而归，回到家中。妻子见状，柳眉倒竖，说道：

"又到什么地方去喝了？买米买鱼的钱从何而来，你知道吗？每一块都是我去向妈妈哭诉才拿到的！下次要拿，你自己去！不然我就要搬离小田原！"

"鬼叫什么？有地方去，你就尽管去好了！"

他嘴里虽这么说，心中却已六神无主。写小说的自信已完全丧失，宾馆的住宿费和连日来的酒账要怎么办？有这种机会还写不出来，可见其文学生命的一线曙光已经灭掉了。心事何人知？痛苦向谁诉？

酒醒之后，妻子的牢骚仍在他心中盘旋，挥之不去。连买鱼的钱都要去向母亲哭诉才能拿到，难怪妻子痛苦。当然，庄吉自己也很难过。于是他向妻子说：放心好了，我来设法筹钱！随即奋笔疾书，写就几篇杂文，跑到东京，向各杂志社推销。经过三跪九叩，千托万请之后，总算拿到了一笔稿费。然后他就跟朋友上茶馆喝茶。连一片鱼干也买不起的妻子所发出的怒火，毕竟还留在他心中，因此他白天尚不敢放肆，只是去喝喝茶。但到了傍晚时，他就说"不喝一杯，没脸上火车"，于是喝了一杯酒，然后再一杯。接着又说"现在是下班时间，火车挤得很，我还是等一下再回去好了"，然后继续喝。结果他是坐了最后一班列车，三更半夜才回到家里。那时他已烂醉如泥，走路东倒西歪，跌跌撞撞，满脸是泥，身无分文，领子上还有口红印。

"这口红印怎么来的？"

"啊哈哈哈！露出马脚了，呵呵呵，这是蒙疑雨庄房东太太垂怜青睐时留下来的啦！哈哈哈！"

其实那是在新桥陋巷中一间破酒家喝酒时，因死命缠住一个嘴巴像食人族的酒家女而得来的报酬。但他却得意忘形，嬉皮笑脸吹牛，有如虐待狂，因为穷人往往喜欢凌虐更穷的弱者。结果导致其妻怒火攻心，失去理智。她完全不知道丈夫与房东太太交往的内情，因此信以为真。她穷苦半生，一无所有，流浪了十几年，丈夫又对她百般轻蔑，万分无礼，这些积怨终于使她忍无可忍。

第二天一大早，她收拾随身物品，提了行囊，跑过空无一人的小田原街道，进了火车站，坐火车上京。她跑去向丈夫的徒弟浮田信之哭诉。

这浮田信之是个大学生。庄吉之妻上次失踪，就是跑来向他哭诉。他好言相劝，安慰一阵后，便陪她回家，并向其夫道歉。因他还只是个大学生，所以对凡尘俗世中最平凡庸俗的事还看不透。有道是清官难断家务事，自古以来夫妻吵架就很容易拖累第三者。上次他完全相信庄吉之妻的说辞，所以将她送回家后，还用老成持重的口气对庄吉说："老师，你居然被那种不三不四的女人拐了，真是荒唐啊！"结果激怒了庄吉，招来一顿辱骂。

正当他憋着一肚子窝囊气无处发泄时，庄吉之妻又再度上门哭诉。这下子，他自然是大表同情，并说你既无家可归，不如在此过夜如何？但他只是一名大学生，吃住都还要靠父母，也不能当着父母的面留宿一名女子，于是就提议一起去住旅馆。双方原本就都有那个意思，干柴烈火一拍即合，所以此议一出，两人就手牵手一齐失踪了。

过了一个礼拜也没回家。庄吉着了慌,跑到妻子的娘家问,也不在那边。探听结果,查出妻子原来是和浮田信之同时失踪的,于是到浮田家兴师问罪。浮田之父获悉后大惊,跪在庄吉面前请罪道歉,说若找到那不肖子,定要将之乱刀分尸。庄吉说:"算了,算了,别做出那么粗暴的事。"当时他虽表现得很温和,但从那天以后,他就整日懊恼狂乱,变得神经衰弱,面容急速消瘦,体力衰退,百病缠身,形同废人。

庄吉奋笔疾书,写信给后辈栗栖按吉。像这种时候,他就会想起这个可恶的家伙。上次妻子从疑雨庄失踪,他也想到此人。后来他打算暂时和妻儿分居,也是想到要托此人帮他租房子,以便共同奋斗,后因没有房间,才流落到小田原来。那次搬家前夕,如一阵风般跑来帮忙打包搬运的,也是这个可恨的小子。

因此这次庄吉寄了一封限时信给按吉,信上说:一心只盼晤君面,见信速来小田原。

其实他这三年来最恨的人就是按吉。他认为按吉是可恶的家伙,是该死的家伙,但同时也是亲切的家伙。他连夜潜逃时,按吉帮他找房子;他债台高筑时,按吉会帮他张罗一些钱;每次趁夜逃走后,小孩上学会不方便,按吉也会设法帮忙,让小孩进私立小学就读。那时态度很诚恳,但按吉不懂何谓"晚辈对前辈应有的礼貌"。

按吉每次和其前辈庄吉见面,都会痛批庄吉最近的作品。庄吉每逢喝醉就自称三枝先生或三枝大师,按吉听了就说"不可骄傲自大"。而且每次见面都会说:"你最近写的那些算什么东西呀?还摆出大作家的架子,真讨厌。作品只会耍花招,其实都是冒牌货。背着壳怎么动?最要紧的是,请不要再对着三餐朗诵自己的作品,那样做真是恶心啊!"他每次都会说这种话。

三枝庄吉一听,怒从心头起。他曾写信给他们共同的朋友,在信中大骂按吉,说:"那小子是疯子,眼中无人,目空一切,不懂礼貌,不配称为文学家。"庄吉对他只有愤怒与憎恨,已经三年了。但恨归恨,一旦有苦恼的事,还是会想到他,并且写限时信给他。上次跟好友大门次郎绝交时,也是立刻写信叫按吉火速赶来。但他只要一来,就会马上惹庄吉生气。

按吉接信后立刻赶来,一见庄吉憔悴不堪的样子,大吃一惊。庄吉额头已凹陷,脸变得很小,差不多只有按吉的一个拳头大,其中仅眼、鼻、口仍保持原来的大小,脸色黑得像木乃伊,说话时只有嘴巴在动,活像妖怪。除眼、鼻、口外,脸上只剩下乱糟糟的皱纹和毛发。

"啊,来得好!我很想见你,见到你真是太好了!你后来如何呢?房间还安静吗?能在里面用功吗?啊,我今天真幸福,终于见到你了!"

按吉瞠目结舌,因为庄吉本来除酒醉外,几乎都是阴郁寡言、羞怯腼腆、极度谨慎的，从来不会表露感情。

庄吉再三挽留，要按吉住一宿。但按吉以截稿日逼近为由，坚拒不从。其实这栗栖按吉只不过是个不起眼的穷作家，书都卖不出去，哪有什么截稿日逼近的问题？真正的原因是他不想跟病恹恹的庄吉讲话，他认为那是无比难过的事。但庄吉不知内情，他听了按吉的话后便说："哦，是这样啊？真对不起，你那么忙，我还强迫你赶来，请你千万要原谅我呀！"说这话时，那缩成一小团的脸上已是泪如雨下。

尽管如此，按吉还是其所能安慰庄吉，说："即使尊夫人真的是跟浮田一齐失踪，两人也未必会发生肉体关系。若本来就是红杏出墙跟人双宿双飞，那就另当别论，但这是和丈夫吵架而离家，所以不一样。我自己就曾和一名少女去进行'爱之旅'，过了十多天，那女孩也没有献身。所以像尊夫人这种情况，若对方要求乘龙跨凤，她一定会说不的。何况浮田只是大学生，还是个未经人事的大少爷，应该不至于霸王硬上弓。这种旅行在心情上都极度感伤，一定弄得身心俱疲，没有余力再做什么。现在说不定已坐失良机，正在烦恼要怎么回来呢。就算他们商量好，真的跑去殉情，说不定一直到死前都还没发生肉体关系呢！世间俗事就是这样。丈夫貌不惊人，妻子就偷偷找上小白脸，等到深入交往，才发觉那小子根本就外强中干，那时双方反而都会感到很痛苦。"按吉以此等言语劝慰一番后，天还没黑就回去了。

按吉说话的时候，庄吉一直点头称是。因他完全信赖按吉，所以感到很放心，觉得受到了鼓舞。但按吉离去后，他就惨了。等待的事物若一直未出现也就算了，按吉却是来了又走了。按吉尚未离开时，那些话很有说服力；按吉一走，那些安慰的话竟变成像在开玩笑一样，令他感到极度空虚。妻子和别的男人一起失踪了，这是事实，那些话又能奈事实何？

庄吉衰弱的速度反而愈来愈快。

庄吉有个国小学弟，名叫户波五郎，是个爱好文学的青年，就住在他家正对面。两家只隔着一条小巷，只要站在屋檐下一喊，对方马上就会回应。庄吉还住在东京时，户波也在东京当书店的掌柜，大约每三天就会去庄吉家走动一次，因此双方成了莫逆，经常结伴去借钱喝酒。这一年来，户波回到小田原，在车站前面开了一家名叫杂文堂的书店，每天都要去看店，有时会把店交给伙计，自己跑去找老主顾聊天，而且经常从中午就喝酒，一直喝到晚上，一天的收入还不够支付他一夜的酒钱，所以他也快要被迫连夜潜逃了。

一个人若心事重重，就会觉得很累，而格外依恋老友。若身边有好友陪伴，即使心中尚有焦虑或愤怒之情，也会觉得比较充实而安心。

户波是个酒鬼，所以非常了解宿醉时的不安与痛苦。宿醉时最希望好友来陪伴，这种感觉他熟悉得很，因此他知道庄吉需要朋友，也很同情庄吉。只要庄吉在对面一喊，他就会立刻跑过去，义无反顾。但他自己除了宿醉与潜逃的烦恼外，并无其他痛苦，所以对庄吉的苦恼，他既无法想象，也不知如何同情，这是世人皆然的。庄吉有一次在聊天时，忽将和服衣带绑在乒乓球桌的桌脚上，打一个结，套在自己的脖子上，用力拉紧，再把头伸出来说："这样会死吗？"然后又把头伸进去，再用力拉。那时他的眼神有如疯子，眼睛混浊而呈蓝绿色，并发出暗淡的光芒，然而户波完全没有想到他会真的自寻短见。

过了四五天。

庄吉在家中一直喊"喂！喂！"却没有反应，于是就穿了木屐跑到户波家门口，问道：

"户波在不在？"

户波之妻以前是当女侍的，非常粗鲁无礼，老是骑在丈夫头上，而且经常赌气不做事，躺着不肯起来。她在屋内以愤怒的声音嘀咕道：

"不在！"

"上哪儿去了？"

"我怎么知道？"

庄吉一言不发走回去。假如户波此时在家，就不会发生什么事了。

庄吉来到屋檐下的走廊，坐了一下，心神不宁，又站起来走进屋内，从客厅走到放乒乓球桌那个房间，又走到更里面的房间，走得很快，也不知为什么，又回到走廊坐下去，但又倏地站起来，走进儿童房。

十分钟后，户波回来了。其妻说："方才三枝先生来找你。"他一听，立刻去找庄吉。他不从大门进去，而是绕到后面，经过院子来到屋檐下的走廊，他习惯这样。

儿童房位于走廊尽头，有点像天花板上的房间，上面没有装天花板，横梁裸露，离地仅约六尺。此房现在等于是仓库，只是把走廊延伸而已，下面是木板，摆了桌椅，没有榻榻米，就像西式房间那样。没有门，所以从院子里便可看见房内的情形。

户波发觉那房间里面好像有人，便从庭院往屋内瞧。只见庄吉之母，也就是那位当过老师、身材高大肥胖的老太太正伸出双手，不知在推什么。因为是背向这边，所以看不见那是什么，只知道好像是想要让一个正在动的物体停下来的样子，一直用力按。于是户波上了走廊，喊道：

"老太太，你在做什么？"

庄吉之母回过头来望着他，目中寒芒电闪。

"这呆子死掉了。"

然后她松开双手，走出来又说：

"麻烦你去叫医生来。"

户波往房里一瞧，只见庄吉吊在横梁下面摇来晃去，脖子上正是那条和服带子。因那横梁高仅六尺，矮小的庄吉吊在下面，脚尖几乎触地，整个身体还在轻轻摇晃。他脸上垂着两条长长的鼻涕，双目尽赤，但仍在闪闪发光，仿佛还活着，只是发狂了。庄吉之母大概是听见儿童房有怪声响，所以才跑来看的。户波把庄吉从横梁上放下来，然后跑去找医生。

オモチャ箱

我接到电报后便赶到小田原，才刚抵达不久，庄吉之妻就回来了。她是看到当天的报纸才知道丈夫已自缢身亡的。她对我说"过来一下"，便带我走进另一个房间，然后从衣橱中拿出一套丧服，当着我的面穿上。她边换衣服边说：

"他是为了要让我痛苦才自杀的。"

"绝无此事。一个人若要让别人痛苦，什么事都做得出来，就是不可能自杀。他是个四十岁的文人，又不是歇斯底里的少女。"

"骗人！他为了要折磨我，任何事都敢做，包括自杀在内！"

"唉，请你冷静一点。"

我转身走出房间。我感觉很奇怪，她竟然还有丧服。她家里所有值钱的衣服全都拿去典当了，为何那套丧服还留着？

我因为感到很困扰，所以才这么想。女人的丧服会挑起我的性欲，尤其穿在身上的时候，看来特别娇媚可人。身穿这么妖艳的衣服，脸上挂着悔恨的珠泪，口中说"他自杀是为了折磨我"，如此迷人的样子，害我差点克制不住，急忙转身逃走，真是丢脸。

不久以后，我流浪到京都去，在那边住了一年半，再回到东京。有一天晚上，庄吉之妻来找我。她已经自甘堕落，过着荒淫颓废的生活，成了人家的姨太太。但依我看，她简直已成了娼妓，而且是娼妓之中最下贱的野妓流莺。因为我有这种感觉，所以不敢正眼瞧她。后来我听说，她实际上真的变成了到处卖淫的阻街流莺。

庄吉一生都在编织美梦。他的文学作品就是他的梦，不仅如此，他的实际人生也是他的梦。

不过，为了要让梦变成文学，就必须将梦之根底深扎于实际人生之中，必须扎根于他所拥有的现实地基之下。刚开始的时候，他做到了，所以其妻能够模仿他在梦中描绘的自己。不久以后，他们甚至能够把自己的现实人生变成梦，而且变得惟妙惟肖，难以区分。

他的人生和他的文学就像他所做的玩具箱那样。他和妻子在玩具箱中都是主人翁，都拥有魔术般的生命，那是他所赐予的。因为他们拥有这种生命，所以能够生存得比真正的活人还要灿烂耀眼。

但是我认为，到了他的晚年，他的玩具箱已被打翻，已遭破坏。他写的小说已脱离了他所立足的现实地盘，把根扎在一个虚构的空间内。他的妻子也已看出玩具箱中那位庄吉之妻已然不是自己了。

庄吉应该也知道：其妻之生命其实只不过是他的魔力，他以此魔力把生命赐给了玩具箱中的妻子。此魔力一消失，其妻即丧命矣。他应该也晓得：若他离开人世，其妻必定会另结新欢，必定会嫁人为妾，也必定会变成人尽可夫的卖春妇。

他那双鬼眼应该能看穿这些事，但他却老是抱持一种空思妄想般的糊涂见解，认为妻子和他不同，只是一个平凡的女人。他认为只有自己才了解妻子的灵魂。他一死，妻子可能会嫁为人妾或跑去卖淫，这是很要紧的现实，但他却把这种现实的根源忘得一干二净。

庄吉啊，现在你妻子真的已经变成那种女人了。

我并非在侮辱你，也不是在羞辱你的妻子。我是在说，人间万事皆如此。

你必须以冷酷的眼光正视这些现实，把你的文学、你的梦和你的玩具箱扎根于此，使之伸枝长叶、开花结果。你为什么忘了这点呢？现实虽然经常是冷酷无情的，但是你也可以从现实中培育梦想，做成玩具箱。

当我望着令夫人那凄惨可怜的身影时，我心中在想：庄吉啊，你看！你为什么忘了看呢？就是因为你忘了看，才会死得轻于鸿毛，你真傻。就是因为你没看，令夫人才会如此凄惨，不是吗？你输了，输给令夫人那凄惨的身影，枉费你拥有那么优秀的鬼眼。

我每次想到你死得毫无价值，就觉得闷闷不乐，无法忍受。

水鸟亭

水鳥亭

一尾沙丁鱼

星期天一入夜，梅村亮作之妻信子立刻躲进棉被中蒙头大睡，其女克子也依样而作。

九点半或十点的时候。

"梅村兄，你还没睡吧？"

声音是从后门传来的。

亮作正蹲在无火的火炉边抽烟。他先从炉中找出烟蒂，再把烟蒂接到烟管上，这样就可以抽了。他听见那声音后，精神一振，马上站起来。

兴冲冲跑去开后门。

"啊，你回来了。请进，请进。"

因为很兴奋，声音在颤抖。

野口见到亮作那乐不可支的模样,似乎大感满意。他态度殷勤有礼,但又有社长的沉着稳重。他打开包袱道:

"来,鸡蛋,还有这个。今天早上捕获好多沙丁鱼哩!"

他拿出三颗蛋和一个纸袋。袋中有沙丁鱼,不到十尾。

"这是自己种的白萝卜和红萝卜。"

在亮作眼中,这些东西足可媲美金银珠宝。他茫然接过来时,已双目垂泪。

"大家都睡了吧?"

"没有,不要紧,没关系。请进,请进来坐。"

"我刚从伊东回来,还没进家门呢!晚安。"

野口笑着说道,随即离去。

这是每周日晚上的习惯。信子和克子都不想看这一幕,所以早早就蒙头大睡了。

尽管如此,野口送来的食物,她们还是大吃特吃。一面吃,一面还大骂赠送者和接受者。

"既然是那么讨厌的人送的食物,你们就不要吃!"

亮作气得浑身发抖。母女俩不但不理他,嘴里还骂得更难听。

"他算哪棵葱?我生这孩子时,他还只是你的同事而已。有一阵子他生意失败,活像乞丐,还跑来向我们借钱呢!现在却一副不可一世的样子。已经家财万贯了是没错,但发的是战争财,有什么了不起?还摆臭架子!"

"他哪有摆架子?"

"有就有！以前跟你讲话还很随和，你呀我的，称兄道弟。一旦发了大财，说话口气就不一样了，唉，真是讨人厌。以前会说刚从伊东回来，现在却说刚从伊东的别墅回来。不要脸，真讨厌！"

"胡说八道，人家客气得很。"

"你才胡说八道！他是假客气，真嚣张，明明就是一副暴发户的模样。克子，妈说得对不对？"

"对极了。他是个不学无术的文盲，是个爱冒充贵族的贱民，俗气得很。"

"岂有此理，你们这是以小人之心度君子之腹。野口先生哪里说过什么伊东的别墅？他每次都只说伊东而已。他说话的时候总是尽量避免用暴发户的口吻，你们难道不明白吗？"

"无聊！还不是装模作样假惺惺？"

已在念大学的克子以不屑的口吻说。

"他本来是想说伊东的别墅的，只是下面那三个字忍住不说罢了，真是不要脸。明明可以叫用人把东西送过来，却偏要自己拿来，还说顺路，这是故意做人情，要让你感恩图报的。明明很想说伊东的别墅，还故意装出谦虚的样子，这不是矫情是什么？蛋每次都是三颗，太不自然了吧？这明明是故意凑出来的，百分之百故意凑的！"

"鬼扯淡！你在胡说什么？看看这沙丁鱼，不是有七尾吗？哪有故意凑？你们母女俩就只会以小人之心度君子之腹，真是卑鄙无耻。"

克子斜眼望着盘子上那些烤好的沙丁鱼，冷笑道：

"七尾？那就怪了。"

然后夹了一块鱼肉塞进嘴里，边嚼边说：

"是舍不得给九尾，所以才六尾加一尾，凑成七尾；还是原本放九尾，又拿了两尾出来呢？"

亮作大怒，差点就要一把揪住她。

"你给我说清楚讲明白，人家有没有故意凑成这个数目？说！"

"这个嘛，我想呢……"

克子花容失色，但仍维持冷笑的样子。

"这是对忠诚与柔顺的一种特别恩赐。有一个人，才得到一尾沙丁鱼，就大喜过望，老泪纵横。他以前有个同事，因开工厂而成了暴发户，便提拔他。他因耿直和迟钝而被赏识，坐上了重要的位子，就是当会计。不过也只是普通职员而已，薪水超低。但是社长会用敬语对他说话，让他温暖在心头。而且呢，本来要给六尾沙丁鱼，临时又额外多给了一尾。于是这位普通职员就感激涕零，老眼泪盈盈，每逢周日晚上，必定在家引颈企踵，望穿秋水，等待社长从别墅回家时顺道过来。"

大学女生连消遣人也头头是道，起先讽刺那位社长，随后又奚落亮作。此时亮作已失去抵抗力，差点就气昏过去，只好闭口噤声，垂头丧气。

亮作与野口曾一同在东京近郊的农村担任小学教师。野口不甘一辈子当老师，便弃教从商，结果生意失败，潦倒落魄，只好吹着唢呐摆中华面摊，也没生意。又跑去当葬仪社的掌柜，然后又以很便宜的价格买下病马改行开货运行，结果马很快就死了。这种工作等于赌博，因不知马何时会死。虽然提心吊胆，也只好认了。有一次，有一匹马濒死时突然发狂。原本已双目尽赤，倒在稻草堆上，却忽然圆睁双眼跳起来，好像要跳到天上那样，也就是说用后腿站立，前腿腾空伸在胸前，活似人类的鬼魂。头往上仰，朝着天空，脖子扭得像蛇一样。然后挣断缰绳，冲出马厩，笔直往前跑了五六条街才倒地气绝。并没有经过兽医检查，但野口对外都宣称那匹马是得了脑膜炎。

后来野口又改行，开了一家小工厂，并无起色，弄得满身是债，差点去上吊，就在此时，开始打仗了。战争让他的生意蒸蒸日上，财源滚滚，转眼间他就成为一个腰缠万贯的大富豪。

野口提拔了一直抬不起头的亮作，让他担任会计。亮作资质鲁钝，连做坏事的才能都没有，野口就是看上他这一点。薪水是当时的公定价码，只比小学教员好一点点。

野口待人和蔼亲切，但在金钱方面却是一毛不拔，超级吝啬。他对下人讲话也用敬语，但也仅在绝对必要时才用。有人说他用敬语只是为了弥补他的超级吝啬而已。他会另外给亮作一些酒券和餐券，但平常饮食却叫亮作自己付钱。人人（包括亮作）都说，正因为野口是铁公鸡，所以才这么做。

不过，这么做总比没这么做来得亲切，这点是可以确定的。

亮作也知道克子所言不假。野口每逢周日就会从别墅那边拿农作物或沙丁鱼来送给亮作，表面上没说什么，但每天到了午休时间，就会以若无其事的口吻说，"就算在伊东，要买到一尾沙丁鱼也已是困难重重了"。

说一两次还能忍耐，当做耳旁风就行了。但若置之不理，他就会每天唠叨。

"所有装了引擎的船，是烧玉式引擎哦，全都被征用成运输船了。年轻的渔夫都被抓去当兵，老的连人带船都被征用了。这样还能捕到人人都吃的沙丁鱼才怪！"

亮作终于肃容正色说道：

"前些日子，有个人从那边来，他说仍在撒网捕鱼，用的好像还是大谋网呢！"

野口已然看出这是亮作在向他挑战，但仍保持微笑。

"那边？是指哪边？"

"呃，就是沼津。我有个远亲在那边的工厂上班，常常来东京的总公司，每次来就去我家坐。"

亮作战战兢兢，表情恐慌畏怯，有如小乌龟，差点就要缩进龟壳内，但仍以顽强的口气继续说：

"他说，用了大谋网，幸运的话能捕到四五万尾海鲢呢！"

"从来没听说沼津有人用大谋网捕鱼，沼津哪有渔场？"

"啊，不是沼津当地，是沼津附近的渔场。"

亮作哭丧着脸，像快断气似的，但仍拼命挤出这句话来。那个样子既可怜又可恨,又像冥顽不灵。

野口脸色大变,呼吸急促起来。

"我是亲眼目睹,你是道听途说,你岂可用耳闻之语来否定我目睹之状?"

亮作不敢做声。

"太平洋沿岸如今已遭敌方潜艇包围,其中一艘在真鹤撞到了大谋网,结果海螺声大作,惊动很多人。那艘潜舰最后顶着网子落荒而逃。所以现在所有大谋网都撒了出去,海上非常危险,没有一艘船敢出航。"

亮作似乎欲哭无泪的样子,但其表情显示,只要能让野口气急败坏,他就于愿足矣。然而野口也是差不多,只要能让亮作哑口无言,他就心满意足了。于是他在顷刻之间就恢复了社长应有的沉着。

野口为亮作斟茶,然后说:

"和我共赴伊东一游如何?下周日陪我去一趟好了。那边可是别有洞天,别具一格哩!我那边的田产农地将近两百亩,鸡也会生一周数量的蛋等我们去吃。"

"好,好,我一定陪你去。"

亮作也恢复忠诚职员的样子,赔笑说道。他还感受到社长的善意关怀与体贴照顾,甚觉温馨。

从周一开始算下来的六天,亮作会被野口的吝啬作风弄得心浮气躁、痛苦难当,但只要野口在周日来访,略施小惠,他就会喜出望外,心悦诚服。每逢周日晚上十点,幽静的后门传来由远而近的脚步声时,亮作的喜悦就会达到最高潮。

在听见后门那步履声之前,他心中或许都在咒骂社长的吝啬作风和以敬语来弥补低薪的行为,但在确定那是社长的脚步声之后,这种诅咒立即被抛到九霄云外。那时候,亮作心中只有感动,他会心脏狂跳,胸口猛震,冲向后门,老泪盈眶,涕泗纵横。

亮作并不认为自己是个悲惨可怜的人。他认定,相信别人的善意,乃是重要的为人之道。他在信子和克子面前是如此认定,但在面对社长时,一周之中却有六天是在瞧不起其吝啬作风与口中的敬语。因此,亮作很可能比任何人都更具有"一个大男人为一尾沙丁鱼而哭,实在悲哀"的想法。

妻女已用不怀好意的污言秽语指出他是个会为一尾沙丁鱼而哭的人,使他形象尽失,面目扫地。他虽然火冒三丈,七窍生烟,却也无可奈何,只好闭口噤声,垂头丧气。

但他很快就抬起头来。

然后他以一种提心吊胆但又坚定不移的口气发动攻击。那种口气和他在拐弯抹角讽刺社长时一模一样。

"你不能吃这些沙丁鱼。"

他已尽量保持平静,嘴角却仍冒出泡沫,显然亢奋难抑。

"既然如此厌恶这东西,如此瞧不起这些鱼,为什么还要吃?你这样不是比这些鱼更让人瞧不起吗?"

克子如此回答:"口水喷到食物上了。"

然后以缓慢的动作将沙丁鱼丢进那无火的火炉里,就像在丢垃圾那样。

"喂，慢着！"

做爹的想要去揪女儿的手臂，却没揪到。他嚷道：

"这么做是表示你把鱼看得比垃圾还不如吗？没有用的，你不但掩饰不了自己刚才馋嘴贪吃的事实，还表示你看不起自己刚才的馋嘴贪吃。"

克子粉脸上血色尽失，她霍地站起来，拿起饭盒。她已被征用，即将出门前往工作场所。

克子把饭盒放在膝上，掀开盒盖，从菜肴中挑出一尾沙丁鱼，丢进洗碗池内。接着珠泪双垂，呜咽抽泣，紧咬樱唇，重整衣装。

"这样欺负克子，你就高兴了是吗？"

信子尖锐的声音刺进他心中。

他无言以对。

"克子就要到征用的地方去上班了，你干什么还把她弄哭？你是在咒她吗？要知道，女子被征用去工作就等于男子上战场去打仗！吃一尾沙丁鱼，会瞧不起什么东西？我最瞧不起卖棺材的，我认为他们比沙丁鱼还不如！一尾沙丁鱼有什么了不起？吃一尾沙丁鱼还需要什么高尚的道理？卖棺材的，我看不起就是看不起，根本不用讲道理。吃一尾沙丁鱼，就说她贪吃馋嘴，唉，真是岂有此理！嘴馋的其实是你，是你自己！让女儿吃一尾沙丁鱼，就觉得可惜。要知道，你现在吃的饭就是乡下大姨姥送给克子的米！你既然吃下去，还敢讲什么大道理?"

亮作哑口无语。克子得胜,喜极而泣。亮作却连哭都不可以。

他也起立,开始整装换衣,准备上班。他可不能像克子丢弃沙丁鱼那样,把便当中的米饭全丢弃。

战争的输赢看来并不比"能否逃离这种痛苦"来得重要。

书本与鸡舍

亮作是皇军胜利确信派,信子和克子却是败北确信派。

得悉塞班岛战况不妙后,母女俩急忙整理行囊,准备疏散。

信子拼命把旧衣服往行囊内塞。克子见状说道:

"带那些破烂衣服要做什么?"

"还能穿呢,以后你可以穿,迟早用得着。"

"我才不穿呢!这么旧。"

做女儿的啐了一口,冷眼相待。

"姨姥就是喜欢搜集衣服,她花了一辈子的时间攒了这么多衣服,就像美术品一样,全都送给我。这种古董连下女都不穿。"

"胡说八道,这些全都是我出嫁时,你姨姥送我的,稍微修改一下,可以穿一辈子呢,我怎么舍得丢?你老爸可从来没买过半件衣服给我!"

做女儿的对母亲的感伤似乎不屑一顾,但对父亲却好像更加瞧不起了。

"这真的是从你出嫁那时放到现在的？"

"这还会有假？"

"这么说来，这些衣服的年纪不就比我还大了？"

"那当然。"

"哼，那蠢汉还真不要脸。"

母亲的沉默代表同感。

战争期间，夜晚特别幽静，母女俩的悄悄话全传进那蠢汉耳里了。

亮作打算去参加检定考试，通过的话便可当中学校员。他以前刚成为小学教员时，就开始准备应试了。微薄的薪水几乎全花在这上面。他的目标是史地，后来连国文也去考，但考了数次全都失败。

信子当初也是深信亮作不可能一辈子都当小学教师，所以才嫁给他的。她认为亮作一定能更上一层楼，中学教员不在话下，更高阶的考试想必也能通过，说不定将来就是堂堂的教授、学者。这里面一半是因媒人的三寸不烂之舌，另一半则是因见到亮作的书房。那书房中书本堆积如山，汗牛充栋，信子看了，立刻相信媒人的话。

亮作在三十岁以前，一直都让世人另眼相待。人人都看重他，认为他博学多才，绝非平庸之徒，不会一辈子都当小学教师。

到了四十岁左右，情况整个颠倒过来。人物、地点全都相同，生活形态亦无明显改变，但世间的评语完全相反，令人难以置信。世人对待他，起先有如天之骄子，后来却是冷若冰霜。

没有人对他表示同情怜悯。表现出来的，不是轻忽蔑视，就是嘲笑辱骂。

教务主任向校长投诉，说亮作为了准备全无指望的考试而荒废了教学工作，并说这是全体家长的心声。

校长并未替亮作辩护。

"这位老师的确令人头痛，我早就想把他调走了，但没有任何校长愿意收。他们还说，用代课老师都比用此人好。"

"不调走的话，误人子弟，如何是好？"

"我正在想办法，也会跟他本人谈谈的，请你再忍耐一阵子。"

那次亮作被叫到校长室，向教务主任及有势力的家长赔罪道歉。

他的月薪永远都跟刚上任时差不多，连那些比他年轻十几岁的老师都超过了他。每次新学期开始，那些接替他教过班级的年轻老师都会把他臭骂一顿，说他一年来根本没教什么，简直误人子弟。

信子曾对克子说："若不是你姨姥伸出援手，我早就带着你一同寻死去了。"

克子的姨姥即信子的阿姨，她嫁了一个富翁，生活优渥，不愁吃不愁穿，老伴已过世，而她无子嗣。她年事已高，却仍十分任性，一心想收克子为养女。

信子并不反对把独生女送人当养女，她没有反对的理由。梅村亮作家声已坠，为了世界，为了人类，此名最好永远消失。这个名字代表了耻辱、贫贱、悲哀和怨叹，受尽了世人的咒骂。梅村亮作那充满耻辱的一生，让他一人独享是理所当然的。

克子靠着姨姥送的教育费进了女子大学就读。世人对亮作的冷遇，和姨姥比起来简直是小巫见大巫。姨姥对亮作没有好感，只有憎恨。对其人格，她只会以蔑视和否定来加以扑杀。

克子每逢假日就和母亲一同去姨姥家做客，但亮作却被姨姥拒于千里之外，连在她家门前站一下都不行。因此克子放假期间，亮作必须自己煮饭，自行料理家务。若没有耻辱这种痛苦，他一个人生活虽不方便，也不会感到那般难受。

姨姥规定：给克子的教育费不准充作包含亮作在内的生活费。信子坚守此禁令，但战况日益激烈，姨姥又送粮食给克子，这一来配给的粮食就比较够吃了，因此亮作虽未直接受惠于姨姥送的粮食，却也等于间接得益了。

母女俩每夜都在整理行囊，准备疏散。行李自然是要送到姨姥那边。不用说，亮作的物品是绝对被排除在外的。

即使把她们的行李全部弄出去，一家三口的生活也不会有不便之处，因为炊具和吃饭用的小矮桌是属于亮作的。

她们绝不劝亮作也把行李运走，因为那样会妨碍她们的生活，而且，就算亮作那些东西全部燃成灰烬、化为乌有，她们也不会觉得可惜。

母女俩的行李送走后，家里的空间明显变大了。亮作看在眼里，内心开始盘算是否也要依样画葫芦。他想：至少先让书本疏散也好。那些书是他这一生的足迹。他一想到书被战火焚毁，他就痛苦难当，好像自己被烈火焚身一样。

这二十多年来，他用微薄的薪水买来收藏的书本已达两千多册。

"喂，信子，这些书能不能也寄放到克子她姨姥那边？"

信子吃了一惊，叹道：

"你在说什么呀？真不要脸，这种话也说得出口！我还想拜托 B29 轰炸机把这些书烧光呢！你自己想想看，因为这些书的关系，我的一生都糟蹋掉了。我有多懊悔，你知道吗？这些垃圾书，你为什么不烧掉呢？我真搞不懂。你把我们母女害得这么惨，得到什么利益吗？没有！不仅如此，还变成笑柄，人人笑你是傻瓜，不是吗？这些书上面，每一本都盖了印章，印着你是低能儿这几个字。你每天都望着这些低能的证据，还无动于衷，真是不可思议呀！你不晓得自己低能到什么程度吗？我和克子能够活到现在，全是仗着她姨姥的接济呀！如果不是这样，我们母女俩早就被这些书害得去自杀了。"

这是信子的真心话。这些牢骚，克子早就听腻了。信子不厌其烦，反复抱怨，仿佛活下来就是为了向亮作说这些话似的。她的语气十分激动,但在克子耳中,这些话却只是陈腐的牢骚,一点也引不起兴趣。

"爸爸要疏散到哪里去?"

克子问道。

她这话并不含讽刺意味,因她深信父亲不可能也疏散到同样的地点去,她认为那是理所当然的。她只不过对父亲可去之处稍感兴趣罢了。

"他能疏散到哪里去?"

信子继续攻击。

亮作稍微歪歪脖子,露出犹豫的微笑。

"没有必要到哪里去。现在我军就要展开全面反击了,说不定此刻已开始了。等我军利用敌人的物资建好半永久性机场以后,就要反攻了。还要花点时间,这是因为要节约物力,不得不如此的。我军的作战进度完全照计划进行。"

日本的反击就是亮作的反击,他脸上闪耀着得意的光辉。这是他唯一能做到的坚定反击,他只能这样报复。

克子对这种幼稚的报复丝毫不感兴趣。

"那么,你不疏散吗?"

她只追问自己的兴趣所在。

"他只是没地方可去。你还不明白他不过是死鸭子嘴硬而已吗?"

"我只是问问看罢了。"

"问这个,表示你很不知趣。"

"人家想问嘛！"

"问这个要干什么？"

"我只是想知道有谁会收留他这些书。我不晓得有谁会替他保管这些毫无价值的垃圾。如果真有这种人，那不是很好玩吗？"

此时亮作从龟壳中伸出头来。

"是人就要梦，无梦不能活。这些书虽一文不值，却可寄梦其中，借此苟活。你们是无法了解的。等战争结束，我又可与书同活了。到时候世异时移，我这老书生说不定便可通过考试，在新时代中东山再起，大展身手。此话听来傻里傻气，其实抱梦而生，至关重要。"

"痴人说梦！"

克子当场嗤之以鼻。

"战争结束后才通过考试，岂非已届退休年龄？到时美梦破碎，得不偿失。"

"克子，难道你没有梦想？"

亮作的语气四平八稳。那种极微弱却又极坚定的抵抗意志已让他那缩成一小团的头抬了起来。

克子轻哂一声，将那颗小小的头抖落在地。

"你这样子，当然会让人瞧不起啦！像我们这种年纪的人，谁没有梦想？以你的年龄，居然还梦想通过考试？这种梦想，我也有啦！再过两年，我也能拿到中学教员的证书吧？虽然我一点也不想当中学教员。"

克子此番打趣似无其他用意，但亮作的头却已惨遭击碎，抵抗意志全失，哑口无言。

亮作想：无论如何，一定要让书本先行疏散。只有这种手段才能抵抗那两个女人。当然，这也是出于他对书本的无限爱惜。

他一天到晚在担心那些书。

"社长，我想拜托你一件事。"亮作央求野口，"就是有关疏散的事。"

"疏散是吗？好极了，愈快愈好。你想去哪边？"

"哦，这个……"

"是不是去尊夫人的姨妈那边？听说她富可敌国，我真羡慕你呢。有好处，可别忘了分我一些。"

"嗯，内人和小女是要疏散到她家，但我不同，我是想跑远一点。"

亮作隐瞒了家庭不和的窘境，他不想让任何人知道。

"为什么要跑远一点？这是持久战呀！有物资的地方才能去。我因为有这家小工厂而动弹不得，无法远走高飞，实在悲哀。其实我很想躲到乡下去，在那边可以吃到新鲜的东西，要多少有多少，还能排忧解闷，抛开一切烦人的事。"

"不瞒你说，我是想借府上那伊东别墅的一隅来安身。厚颜提出此要求，请你务必要答应。"

此话大出野口意料之外，他脸上的微笑顿时消失，半响才摇头苦笑道：

"此事实难应允。寒舍简陋不堪,又破又小,仅有四间房,光是我自己的家人就住不下了。"

"要不然,你轻井泽那栋别墅也可以。"

"那破房子早就租给别人了。"

野口满嘴胡言。

他在轻井泽和伊东各拥有一栋别墅,那是他多年来的梦想。夏季至北方山庄避暑,冬天则赴南海的温泉别墅过年。

这个梦想已轻易实现。

轻井泽那一栋,屋主已死,成了无主之屋,所以野口以低价购入。那是中型的别墅,但很豪华。

伊东方面,因找不到适当的别墅,便买下一块有温泉涌出的土地。那儿是在平原的尽头,成年男子从车站徒步走到该处,须花四十分钟以上的时间。那块地三面环山,附近几无人烟。

温泉从那块地的中央涌出来。野口买下的就是以此露天温泉为中心,方圆近二百公亩的旱田。

靠近伊东车站的地方,因人口密集,已无继续发展的余地。未来应会往郊外发展,繁荣远景可期,而且愈靠山边,泉质就愈佳。

目前该地虽是人烟稀少的边陲地带,但若战争结束,一般人游山玩水的欲望就会大增,届时游乐区风景地的发展定是一日千里,独占鳌头。野口脑筋动得快,将那温泉连同周围土地一块买下。他的目标是兴建大饭店,到时候只要泡在温泉里，财富就滚滚而来。当前资金不够，便先盖个小别墅，派人看守，并兼种田养鸡，当做战时的营养补给基地。此为一石二鸟之计。

但从伊东车站至该地要走四五十分钟的路，穿过平原一直走到山脚下，未免太远了。即使战争胜利，人心大振，景气大好，在有生之年能否见到伊东的繁荣蔓延至此地，也是大有疑问的。也正因如此，他才能用很便宜的价格买到这一大片附有温泉的土地。

这栋别墅，亮作曾受邀去过一次，确实是简易的临时住宅，房间只有四间。

鸡舍有二，大者饲养了二三十只鸡，小者已荒废。此刻亮作急中生智，想起了那小鸡舍。他已豁出去了，所以什么都不在乎。

"不是有一间鸡舍空着吗？"

"啊？你说什么？"

"有间空着的鸡舍是吧？"

"啊，鸡舍？不错，那又如何？"

"可否租给我？"

"你要租鸡舍？"

野口大感好奇，瞪着亮作。

"你是说那间小的、已经没在使用的鸡舍吗？"

"当然，在用的那间，我说出来你也不会答应的。"

"那鸡舍只有四尺五寸见方，也就是还不到一平呀！你要租那个干什么?"

野口凝视着亮作,好奇心更强了。亮作被那种眼神一瞪,差点就哭出来,眼睛眯成一条线,犹如蛞蝓溶解般,然而那种极薄弱却极固执的抵抗意志又让他的头抬了起来。

"没什么,只是要让我那两千本书疏散到那边而已。我并没有什么值钱的物品,也没有把财产疏散的意思。因为这是战争,我必须坚守岗位,不能离开东京,即使仅剩我只身奋战,也不能走。身边财物不能搬,死也要死在一起。但是书籍不同,书籍乃文化资产,尤其我那些书,那些都是特殊的专业图书,为无价之宝。这点也许见仁见智,不过若能逃过战火,免遭焚毁,一定有一些人会大喜过望的,对后世也大有助益。这可不是为了我自己。我一生庸庸碌碌,浑浑噩噩,唯只想做一件受人褒赞之事。虽然这只是我临死前的感伤述怀,但……"

此言触怒了野口,但他不动声色,只是微笑道:

"真出人意料,但这种国宝级的物品,我无法为你保管。我不能承担保管之责,因为我生性懒散。"

"不是这个意思,你不必负那种责任。"

"不行,不行。你虽然这么讲,但是一旦毁于战火,或者遗失,就不得了了。人家会说,野口竟把一些毫无价值的私人物品当做宝贝;或者说,野口竟让别人寄存的国宝级图书付之一炬。到时候,遗臭万年的是我不是你。你那些书,若真的那么有学术价值,何不去托教育部或大学保管呢?那种会引起社会骚动的高级物品,是不可以和我这种家庭安和乐利的凡夫俗子共处。这么说好像我心肠很硬,但我还是要坚拒不从。"

亮作无言以对。野口见到他那副有口难言的模样,便将慈爱的眼神贯注在他脸上。

"喂,梅村兄,你好像搞错了。性命才是最重要的呀!留得青山在,不怕没柴烧。你有什么贵重的图书,我不晓得,但恕我说一句抱歉的话,你只不过是个小学老师啊,别误会,我并无恶意。你既非大学教授,也不是什么专家学者,你能搜集到的书,随便一个学者的书架上都应该有吧?要多少有多少。我看你就别逞强了。你一辈子就只爱那些书,这我明白,但你要知道,这是战争,有命才有一切,那些碍手碍脚的书,还是卖掉算了。卖书所得可用来买一栋位于穷乡僻壤的农舍,以备逃命疏散时居住,如此方为明智之举。恕我说一句狠心的话,如果你要把那些书搬到那边躲避战火,我绝不把鸡舍租给你。不过,你若是为了自己逃命,把锅碗瓢盆和枕头棉被搬一些过去放,以备疏散时用,那我就把鸡舍交给你。"

一抹微笑浮现在亮作那即将哭出来的脸上。

"那就不用了,我并不想疏散逃命。我的觉悟和一亿日本人一样,鞠躬尽瘁,死而后已。这是我最后的尽忠报国。日本不会输的,一定会得到最后的胜利!虽然不晓得还要等几年,但只要一胜利,我的那些书一定会有用的。若能如此，我就心满意足，死而无憾了。"

"梅村兄，你要知道，战争是冷酷无情的，就像好几百万道雷光闪电同时打来一样，个人的倔犟固执无济于事，一时的赌气不服也于事无补。"

"谁说毫无助益？这只是时间的问题而已。我军正在制造秘密武器，待敌军上当中计，前来发动全面攻击，届时我军便使出绝招秘技，一举赢得胜利，此乃我军既定的作战妙计。"

亮作说得口沫横飞，唾液四溅。野口面露微笑，瞠目以视，似乎感佩已极。

"若是锅盆碗碟和衣服棉被，可搬到鸡舍去，我帮你保管。要尽量分散，因那是必需品。至于那些书，最好趁还有点价值的时候赶快卖掉，不然的话，说不定有一天变得一文不值，只能拿来当火引子烧掉。"

"哦，变成火引子是吗？烽火连天、兵荒马乱之际，连皇宫围墙和国宝佛像也难逃被拆毁焚烧以便取暖的命运。平民百姓只能听天由命，无可奈何。我的书或许也是同样的命运。"

野口闻言，更加感佩，于是大摇其头，死心断念，掉头而去。

信子和克子趁着春假期间，跑到姨姥家去了，只寄了一张诊断书给学校，之后就再也没有回到东京来。

三月十日的空袭烧掉了亮作的家，也焚毁了野口的家，不过两人的命都保住了。

亮作很相信日军大本营的宣告以及报上的说辞，以为战况颇佳，形势一片大好。而且在此之前的空袭并未使他蒙受重大损失，因此掉以轻心，连防空壕都没挖。不过他家那一带也不适合挖，那附近只要一挖土，水就会喷上来，所以不能随便乱挖防空壕。

亮作的家具财物因抢救不及而烧得一干二净，但他总算逃出生天，保住一命，这真是不可思议。

当晚空袭时，空袭警报是在敌机开始轰炸、四面八方蹿起火舌之后，才响起来的。亮作连衣服都还没穿好，炸弹掉下来的声音就迅速逼近。不过他尚未了解空袭的可怕，所以还是先把衣服穿好，将一小袋现金绑在腰上，然后才开始逃命。

来到屋外，只见烈焰腾空，眼前一片火红，热风卷地，扑面而来。他惨叫一声，纵身一跳，朝着下风处拼命逃窜，边跑边哭。

逃生之路，他一无所知。侥幸没死，是因为他跑得快。火舌紧追在后，烈焰横挡于前，他只能横冲直撞，快跑狂奔。他逃亡的路上完全没有那些能够给他安全感的坚固建筑物、防空壕和宽敞的公园，这反而救了他一命。

等他清醒过来，才发觉自己站在海边。他根本不晓得自己竟然跑了那么远，那时已将近黎明。

他的家已毁于一旦，面目全非。在一片瓦砾下面，那些书籍已化成一堆形状与原来相同的灰烬，一本不剩，半册未留。全东京还有很多屋子没烧掉，日本各地还有更多房子留下来，但亮作已无家可归，无处可宿。

才不过半天工夫,他已见到了无数烧焦的尸体。最后他看腻了,连驻足观看的心情也消失。然而他只要一看到自己那残破的家,就会悲从中来,泪如雨下。那一带的路上和防空壕里全都是焦黑的死尸,站在那些断垣残壁旁的活人只有他一个。

野口的住宅和工厂全部付之一炬。亮作前往现场时,只见野口夫妻和子女抱成一团,灰头土脸,满身是泥,宛如刚从坟墓中爬出来。

一家大小面对亮作时,全都一言不发,面无表情。

"一切都烧掉了。"

野口喃喃说道。语气十分不悦,似乎原本什么都不想说。亮作道:

"我家也烧光了。除了这身衣物,我已一无所有。"

"能活下来已是不幸中的大幸,振作一点吧。"

野口面露狰狞,语带狠毒,但在亮作听来,却充满了人情味。

他很想上前拥抱野口,但实际上仅能紧紧握住野口的手。他心中悲愤莫名,感慨万千。他呜咽抽泣,好几分钟内不能言语。

"振作一点。"

野口的手搭在他肩膀上,动作很温柔。

"我太笨了。"

亮作泣不成声。

"说这些话，无济于事。遍地死尸，你也看到了吧？再机灵的人恐怕也难逃一死。"

野口依然满面寒霜。他已和死神斗过一场。这个恐怖之夜，他为保命，已尽了全力。

亮作也是通宵被死神追杀。这种恐惧，他永难忘怀，但现在他却感到幸存下来是一件更可怕的事。

"请把鸡舍租给我吧！我已丧失一切，我太笨了。"

亮作愈哭愈大声，并且开始叫嚷。

"请你可怜可怜我，我不要孤单一个人，求求你，我光想就会窒息而死。让我做奴仆，做长工，什么都可以。请带我到伊东去，让我住在鸡舍里。"

野口的子女大感诧异，移开视线。

"棉被和衣物，你都没事先疏散吗？"

"没有，我不需要那些东西，我只是害怕孤独，我只要有能够遮风避雨的屋顶就够了。请带我走，不要把我抛弃在这么恐怖的地方。"

"互相帮助，理所当然。不过，你为何不疏散到令夫人现在的住处去呢？我看你好像急昏了头，忘了很多事情。不是只有屋顶，像锅盆碗碟、衣服棉被之类也是必要的。令夫人一定在等你，在为你担心。"

"我不要，我非工作不可。社长，如果你不收留我，我只有死路一条。"

"我的工厂都烧成灰了，只剩下伊东那栋小房子，我已经不是社长了。"

"请不要抛下我呀！"

亮作疯狂哭喊。

野口心如刀割，移转目光，重新考虑后，又轻声说道：

"总归一句话，我必须留在东京四五天，以便将工厂处理掉。你也许可以帮忙做一些事。接下来会怎样，谁也无法预料。我打算去别的工厂上班，当个普通工人。"

他说完就转过身子，开始在防空壕和瓦砾堆中寻找剩余的物品。

买　卖

亮作取得野口的同意，住进了鸡舍。首先把地板铺好，以木板围成墙壁，再把战争受灾者的特别配给品以及别人捐赠的物品搬进去。就这样靠着这些东西，勉强应付了最低限度的日常生活所需。他虽然带着一笔现金，但除了食物以外，一毛钱也不使用。由于没有毛巾，所以每次泡完温泉后，就站在浴室里不动，直到身上的水干掉才走开。野口一家人已不再对他表示同情，也不再送他东西了。

"梅村兄，你是否该考虑一下'利用'两字的含义？要把身体擦干，可不一定要用毛巾。虽说你已一无所有，却也不是完全没有替代品，打个比方，你不是绑了一包东西在腰边吗？那个包袱，你是随身携带、片刻不离的吧？那条包袱巾不就可以代替毛巾了吗？"

野口家的人都认为那包袱里必定有大笔现金，都在猜那里面到底有多少钱。野口继续嘲讽亮作，说道：

"你怎么拿我家的柴刀去削铅笔呢？柴刀是劈柴用的，拿去削铅笔，怎能削得好呢？其实你只要向我的妻子说一声，区区一把削铅笔的小刀，一定会借你的。只是你也该考虑一下，才不过一把小刀，你为什么不去买呢？卖这种东西的商店，现在应该还找得到。"

"不要，我不买，我不想用买的。我这不是为了省钱，而是为了获得宝贵的生活体验。我所搜集的考古学资料和所有重要的文献虽已全部烧光，但我却发现了比那些文献还要宝贵的资料。我要把现在的生活视同原始时代，以此体验为资料，并且进行实验。以前的学者都是从地下把石器时代的遗迹挖掘出来，我却打算发掘现实的生活。这和'八荒一宇，世界一家'的精神也是一致的。遗迹的发掘只不过是英美式的科学，我这个却是学问的真髓，是唯一也是最后一种遵循日本精神的做法。不这么做，就是不懂考古学。我在考古学方面，发现了这种以日本精神来取胜的方法，同样的道理，英美的科学思想最后必将败于日本的复古精神。日本在全国化为焦土之后，就能够反过来抓住英美科学思想的弱点了。日本就快胜利了。"

"原来如此，要体验石器时代的生活是吗？原来是这样，所以才没有毛巾，沐浴后才利用阳光晒干身体。不过，恕我说句失礼的话，据说石器时代有贝冢什么的，那时候的人不是都生吃食物吗？哦，如今我们的食物也没调味料，跟猪饲料差不多，说不定比石器时代还差。还有，那时候的人不是都穴居吗？像你还有鸡舍可住，不是很奇怪吗？我看你的确有搬到防空壕里面住的必要。"

亮作哑口无言。野口不怀好意，穷追猛打。

"你应该立刻实行穴居，住到防空壕里面，去体验真正的石器时代生活，岂可用鸡舍来蒙混过关？"

亮作脸上浮出软弱无力的微笑，然后嘴角又堆满唾液的泡沫。

"你所言甚是，不过也不用急在一时，这种事必须要自然形成。日本即将化为焦土，这里不是烧掉就是炸掉，到时候，所有的人自然就会陆续跑去穴居，用不着勉强。只有处在自然形成的状态之一，才能获得体验的真理。"

"果真如此？"

"那是当然。"

"石器时代可有毛毯、棉被、衣服等物？"

"当然没有。"

"那你为何还穿着衣服？那条特别发给战争受灾者的毛毯，你根本就不该接受，你怎么还跑去领呢？"

"不，这是可以的。"

"为什么？你好不容易才进入自然状态，为何又要自我背叛？"

"你错了,这是可以的。任何物品都发不出来的时代马上就要来临了,到时候,每个人都会赤身裸体,一丝不挂。"

"这样日本就会赢吗?"

"稳赢必胜!有这种思想注定要灭亡,无的思想是无敌的。"

"当然啦,无总比恶好。"

"不是,无必亡有!"

亮作眼中妖光暴射,异彩连闪,神灵附身的程度似乎日益加重。

日本各大都市连遭轰炸,在一片风声鹤唳中,夏季来临了。

传说中,敌军即将在伊豆半岛登陆,其中以伊东最有可能,于是当地人心惶惶,骚动不安。据说该处地势极适合登陆,又是铁路的终点,敌人将以此处为基地,挥师东进,直捣首都。这类流言四处传播,绘声绘色,如实如真,当地人皆已相信此处必将成为本土的第一个战场。

就在此时,亮作也被军方强制征去做工,在伊东四周的山岳挖坑掘洞,搬泥运土。据说那些洞穴可藏匿一个师团的兵力,这些士兵躲在洞中就是要等待敌军登陆。军方这种做法,好像是要证实那些传闻似的。

从伊东通往四面八方的山中小径已挤满了逃难的人潮,他们带着细软家当逃离这"本土第一个战场"。许多别墅都要卖,而且价格低得跟免费奉送差不多,但没人买。

野口也死心了,他认为:不管是不是本土最初的战场,只要是靠近东京的太平洋沿岸，必将变成尸山血海人头桥，此乃迟早的事，亦为必然的命运。这一带每一座山届时都会烧光，大海将化为火海，子弹会满天飞，所有的房屋与树木都会被炸毁，寸草不留，只剩下被翻起三寸的地皮。住在此地，无异于自找死路。

因野口在轻井泽另有别墅，所以觉悟得早。他想：为今之计，一定要在一切都被摧毁之前，把别墅变卖，再逃往轻井泽。卖便宜一点，也比白白被炸掉好。别人的别墅都卖不掉，野口却自信满满，认为自己的别墅定能卖掉。

亮作的贴身包袱中究竟放了多少钱呢？野口开始认真思考这个问题。

"梅村兄，我们一家想搬到轻井泽去。这座庄园，你想不想买下来？连土地，带温泉，只要一万日元，跟丢掉没两样。你要的话，一万日元就成交，如何？"

亮作曾被抓去搬泥运土，所以对市内的情形了如指掌。

有钱人早已吓得胆裂魂飞，六神无主。别墅或是搬不走的物品，都以贱价抛售变卖，但没人买，因为所有市民都深信敌军马上就要登陆。亮作并非不信，但因他已一穷二白，身无长物，所以能够气定神闲，不慌不忙，冷静以对。在他眼中，每一个人都即将面临穴居的命运。

亮作想要拥有一栋房子。他家刚被烧毁时，因无家可归，无屋可住，所以难过得要命。如今已经不那么伤心了，因为成千上万的同类业已出现。但这并不表示他已不想要房子了。

亮作暗忖：如果能够贱价购得一座别墅，并且侥幸逃过战祸，免于一死，那就好了。现在这种命运就会整个倒转过来，届时只有极少数人拥有房子，自己或许就是其中一人。

野口目前所住的房子和市内的别墅不同，它位于边陲地带的原野之中，孤立在一片旱田中央，也许能够逃过一劫。到时候，亮作说不定就变成此地唯一拥有房子的人。

想到这里，心中就涌出一股人生的希望，而且源源不断，滚滚而来。

然而野口开出的价码实在太过分了。亮作开始痛恨老奸巨猾的野口。

"比这儿大十倍的豪华别墅也只喊价五千日元，结果还是没人买。那是理所当然、可想而知的，因为再过一两个月就会被炸得灰飞烟灭，片瓦无存。这一两个月来的房租，哦，我顶多付你一百日元。至于你这栋房子，我可以出价三十日元，这还算贵的哩！"

亮作说着，露出残酷的笑容。

"开什么玩笑！我这儿可跟别的别墅不一样，别的别墅会被炸毁烧光，我这庄园还附有一大片土地和水源，就算投下几十吨的炸弹，也休想把我这儿怎么样！"

野口以牙还牙，冷笑道。他想：看样子，这厮好像没有一万日元，也许我开价开得太高了。于是他又以高高在上的态度继续说道：

"你别不知好歹，要知道，若只是一栋别墅，没有别的，那就算金殿银宫，也乏人问津，琼楼玉宇，也无人要买。如今敌人要大举进犯，赶尽杀绝，我们已是九死一生，穷途末路。这时候，我们最大的资产是什么？毋庸置疑，那当然是能够自给自足的土地啦！也就是田园，懂吗？目前的情况就是这样。不过，等到将来恢复和平后，田园的价值就会降低。那时候，什么东西会最值钱呢？在这块土地上，最值钱的就是水源啦！伊东市内，差不多每户人家都接温泉，所以温泉不稀罕，但水源的数目却寥寥无几，何况我这里的水源还是自喷泉呢！在伊东，自喷式水源屈指可数，绝大多数都要用马达抽。现在的最大资产和将来的最大资产都在我这儿，二合一，而且这些资产绝不受空袭轰炸或舰炮射击的影响，这样才卖你一万日元，你还嫌贵？我是因为跟你很要好，所以才算你特别便宜的。一万日元的话，谁都会抢着要，我告诉你。但若是非亲非故的陌生人，一万日元我可是不卖的。恕我说句冒昧的话，如今你家已烧光，你已一无所有，我是可怜你，所以才想用这办法来聊表寸心的。今日一别，以后能否再相见，谁也不知道，所以对我而言，这是最后的友情了。我很想把这庄园免费白白送给你，就当做钱别的礼物，可惜做不到，因为我的家也被战火烧了，没办法那么慷慨。"

"近代战争中，登陆地点都会打得天昏地暗，日月无光，当地会变得满目疮痍，一片荒凉，山形均变，河道全改，草木皆空，虫鸟尽灭。到时候，伊东城在何处，恐怕也没人能找到了。你这块地,如果没有化为河川或湖泊就已经算万幸了。要恢复成温泉胜地,没有二十年大概不行吧?那个时候,我早已名登鬼箓,身化异物了。"

亮作说完,再度露出残酷的笑容。

"照你这么说,日本不就亡国了?"野口立刻顶回去。

"一切皆失日,日本胜利时。到时候,日本就会重返太古,复归太虚,新世界的黎明就会出现。日本既是太虚,亦为太阳,乃是新世界的盟主。在《古事记》和《日本书纪》中早就有这种预言了,所以这是历史的必然。"

"但愿如此。只是,梅村兄,即使藏身于洞穴之中,人还是需要食物吧?不吃东西岂能活?但穴居生活是没有配给品的,没有自己的田园,你要怎么办?我这块田地,还附有鸡舍和很多鸡,就日本的现状而言,我这儿简直可比王府皇宫!还有最重要的一点:假如我把这别墅卖给别人,你就会被新主人赶出鸡舍!买主绝不会连你的玉体金身也买下来!"

这下子击中亮作的痛处了。要是真的找到别的买主,亮作不被赶出去才怪。

然而亮作毫不退让。

"哼,那你尽管卖好了,去找找看有没有买主,不用为我担心。我已经很久没去看戏和听人说书了,如果真有人愿以一万日元买下这座庄园,那我一定要瞧瞧那人的表情,然后捧腹大笑,笑完之后,我会自动从鸡舍搬出去。"

野口暗忖:看来一万日元是无法成交了。他用那种在路边摆摊叫卖的要领，开口就叫价一万，看样子似乎太贵了。亮作知道这种价格绝对找不到买主，不用担心会被人赶出去，因此有恃无恐，乘人之危，耀武扬威。

"那我真的要卖给别人了哟！"

野口的脸色已稍微改变。

"好，好，请便。我已经很久没有大笑了，你就让我笑一笑也好。"

"有人开价五千日元要买我这儿，但我拒绝了。不过，我也不是要钱不要命的人，我最怕的并非人家杀价杀得很低，而是时间愈来愈紧迫。你好像判断错误，以为现在许多人争着要卖别墅，却乏人问津，但我要告诉你，就是有些生意人是想发灾难财的，他们看准了大规模战争的时机，把赌注下在生死边缘之上，目前正在到处收购别墅呢！我也很惊讶，居然有这种人。"

"类似的传闻，我听多了，不过我听到的有些不一样，正确的情况应该是：有人在到处捡人家丢掉不要的别墅，不是到处收购。根本没有必要收购，因为人人都已望风而窜，弃家而逃。据说，只要开出的价钱够当搬家费用，他们就会立刻抛售，乐意之至。"

野口心想：这厮居然无所不知，一清二楚。他恨亮作，但他的主要目的仍在捞一笔钱，只要能抬高价码，就算只多赚一毛钱，他也于愿已足。

"你好像弄错了。普通别墅免费奉送，那是天经地义，理所当然，但你要知道，我这儿可不是普通别墅，我还附有田地和水源，价格自然不同，岂可相提并论？"

"那就一千日元好了，便宜你了。"

"这一大片土地和水源难道只值一千日元？"

"不错，就是一千日元。"

"这价钱你是怎么算的？请你说来听听，好作为我日后的参考。"

"两个月的房租，算六十日元。不过，敌人若于四五天后就登陆，那我就赔惨了。两个月后的十多年期间，这里会变成一片不毛的沙漠，土地和水源也就一文不值，算零日元。还有点价值的，就只有三十只鸡和田中目前已长出的蔬菜，这些全部加起来，最多最多也不过一千日元。但是，假如还没吃完敌人就登陆的话，那我也是血本无归，所以应该还要折半计算，较为合理，就算你五百日元好了。"

"你，你竟然又杀了五百日元！"

"是又怎样？这还算太贵呢！"

"难道你还要再杀？"

"不错。"

"多少？"

"敌军或许明天就要攻进来了，可能是今夜也说不定。不对，因为大岛附近已出现敌舰，所以等一下大概就会有空袭警报了。"

"既然如此，你打算出多少钱？"

"零日元。"

"零日元的话,你就要买了是吗?我真是三生有幸呀!不过很可惜,到时候,那些鸡和菜我都要留着自己吃,不能给你。"

"我用一千日元向你买。"

"哈哈哈!向我买?一千日元?"

"正是。我已有心理准备,即使我刚买,敌军就开始登陆作战,我也只能自认倒霉,我会看开的。但我绝不灰心丧志。丧失斗志的话,这场战争就别想赢了。以鸡舍的租金来看,这个价钱是太贵了些,不过我想,反正长久以来受你照顾,就当做我的谢礼好了,所以我不会计较的。"

"原来如此,我真是受教不少,学到了各种算法,简直太令我佩服了。不过我很纳闷,你既如此精明,为何没有飞黄腾达、出人头地呢?你能够随心所欲,把一千日元之物杀到仅剩十日元,而且说得头头是道;你有指方为圆之能,而且解释得无懈可击;你一定也有办法颠倒黑白,而且证明得天衣无缝。你既能心想事成,算无遗策,为何会一生潦倒、永世贫穷呢?梅村兄,你可知自己为何如此落魄?为何一贫如洗?你不是能够精打细算、万事照心愿吗?我告诉你好了,那就是因为你的神机妙算只适用于你自己,你那种计算方式,在这世上是行不通的。方者永远是方,不会变圆,白的也不可能被你一说就变成黑的。"

"这可不能照一般公式来估算,不能按平常之理去衡量，因为现在是在战争，别忘了，前途是一片黑暗。"

"你又在瞎扯乱说了，什么前途茫茫，没有将来，想得美！这是你一相情愿的讲法，满口花言巧语，说得天花乱坠，却骗不了我。要知道，人生本无常，祸福实难料，岂可以此为由来杀价？比方说，有人买了一栋房子，即使不是战时，也可能在当晚就失火而付之一炬。买下一处水源地，说不定因地底突然有变化而冒不出水来。买了一头牛，也可能第二天牛就暴毙了。难道你能以此为由，将五千日元之物杀价杀到一千日元，又杀到五百日元，再杀到免费奉送吗？不错，照理说，的确可以免费奉送，因为说不定刚买下来那天，那东西就烧毁或死去。但是，你这种理由在这世上能行得通吗？"

"哼，当然能啦！你这是把平时和战时混为一谈，想要蒙混过关嘛！要知道，现在已是一个人人弃屋而逃的时代，是一个物品日益丧失价值的时代！你那种计算方式，才是目中无人，自以为是！"

亮作眼中妖光暴射，双颊抽搐，嘴角堆满泡沫。他像疯子般坚信自己的想法。

野口不慌不忙，转移了争论的焦点。

"我是这么想的：日本亡国后，人应该不会死光，那么战争结束以后，我们的希望就全寄托在物质之上，我们所拥有的物品就成了希望的支柱。再也没有比一无所有更悲哀的事了。到时候，大概也没有什么机关或制度能发给我们月薪或粮食。如果身无分文，就会像古代的落魄武士那样，只能落草为寇，打家劫舍，以抢劫为生，此外别无他法。像你这种年纪，我看连当强盗都不行了。我这话可不是在开玩笑。每一个日本人一定都这么想，一定都惶惶不安。如果你拥有田地和水源，到时候即使狼烟四起，盗贼横行，你也会有恃无恐，因为田地和水源是偷不跑、抢不走的。在这场悲惨至极的战争中，拥有田地和水源就等于拥有生存的价值。我这栋屋子，可不一定会遭战祸摧毁。所谓可能遭战祸摧毁，也就是可能不会被摧毁的意思。人一定要有梦想，有梦想才有快乐，但你别误会，我不是在为梦想标价。我这片田地和水源，就算五千日元好了。总共六千平，算起来一平还不到一日元。恕我说句失礼的话，假使没有战争，那你一定连做梦也不会梦到自己拥有六千平的田地和水源吧？这种水源是人人称羡的，是只有极少数人才拥有的奢侈品。我言尽于此，不再多说了。你要如何选择自己的命运，是你的自由，你自己决定吧！一句话，五千日元就成交，不要就算了。"

亮作的贴身行囊中一共有七千多日元，其中绝大部分是他被野口雇用的这五年积存的。这几年来，很多物品都是用配给的，生活费实际上也花不了多少，而且信子和克子一直都有姨姥在接济，等于各自过日子，没花到他的薪水，所以他的积蓄增加得很快。

他最怕的，便是孤独。这种恐惧的根源，乃是来自"一无所有"这种状态。他知道自己毫无才华，而且如今已年过五十，仍然一事无成，两袖清风，囊空如洗，一无所有。

现在，他已一心想要买下这栋别墅。有了房子、田地、水源，那该是一件多么美妙的事！说不定到时候只有这栋位于边陲地带的屋子能够免于兵灾战祸！他总觉得一定可以逃过一劫。

就算逃不过，此屋遭炸毁，只要拥有这片田地，还是能够在此安养天年，走完一生。

由于他太想要把这栋别墅买到手，所以若没钱买，他说不定会去当小偷，但很不巧，他恰好有一笔钱，刚好买得起，所以反而舍不得买了。他不想把这笔钱花掉，他认为若没有这笔钱，自己一定会很寂寞，好像被骗子骗光、被贼人偷走一样。

话说回来，他也认为拥有房子、田地和水源并不是一件坏事。他以前从未想过自己会变成具有这种身份的人，他对未来开始充满期待，只觉得飘飘欲仙。这是多么美好的人生！多么可贵的战争！

他原本是一副欲哭无泪的样子，现在却有一种暧昧的笑容浮现在他脸上。

"两千日元的话，我就买了。"

"你说什么？我若非急着要疏散，才不会贱价抛售呢！现在五千日元能买什么？像你这种没有房屋土地的人，根本不配说这种话！我也是奋斗多年，千辛万苦才达成愿望而拥有这座庄园的。你开出这么少的价钱，简直是亵渎我这别墅，我还不如放把火烧掉算了。"

"我无意亵渎，我只是没钱。"

"那就算了，没钱还谈个屁！"

"那么，三千日元就算成交。"

"谁跟你成交？"

"我只有这么多喽。"

"没钱免谈，毋庸再议。"

"你卑鄙无耻！"

"怎么说？"

"既然要跟我这种只能住鸡舍的人谈买卖，提出的价格自然要在我的能力范围之内，不然生意怎么做得成？"

"我才不跟你争辩。你若是律师，那聘请你的杀人犯不知有多高兴。你一定能把偷窃和诈欺说成正当职业，把债权人讲成大罪人。"

"你跑来同我谈这笔生意，是不是为了要侮辱我、嘲笑我？你是故意的吧？如果是，那你就成了万恶不赦的大罪魁。"

"被你称为大善人，还不如被你叫做大罪魁。"

"你是存心要让我空欢喜一场吧？你故意让我充满期待，然后再将我推落谷底！我若心中不抱任何希望，便能安住鸡舍中，心如止水，但你却将我抛上高空，再把我推落地面，害我失去平静的心境，使我万念俱灰，痛苦绝望！你这样做，无异于把我斩断四肢，然后抛下我，要我自生自灭。你到底想对我怎样？"

"我没有想要怎样，只不过打算把这土地房屋卖掉，然后搬到轻井泽而已。"

"那么，我出两千五百日元买下这土地的一半、房屋的一半、水源的一半，意下如何？"

"另外那一半，你若找得到买主，我就卖了。"

亮作眉头一皱，泪如雨下，痛哭失声。

"我本来已把悲伤抛诸脑后，否则又怎能生活在鸡舍中呢？我拼尽一切力量忘掉悲伤，总算能够活下去，过着宛如蛆虫的生活。我忘掉一切耻辱，抛开所有流言，总算得到一种毫无希望可言的心境。这种心境就是我全部的财产，现在你却把我全部的财产抢走，然后把我那些已经忘掉的悲伤塞入我心中，不，那是一种更大的悲伤，就像一颗火球。那火球在我体内到处滚动，狂奔乱窜，如同三月十日那次可怕的空袭，那些火舌已烧到我的背部，对我穷追不舍，我该如何是好？现在我的耳中已全是舰炮射击的声音，那远比三月十日的空袭更加恐怖，枪林弹雨，漫天火光，山摇地动，石破岩碎，天崩地裂，烽火四起。我已遭天地抛弃，众叛亲离，无依无靠，浑身脱力，举步维艰，我要怎么办才好？"

亮作的喉咙咕咕作响，接着又放声大哭。

野口只觉得他很可怜。如果卖他三千日元，虽然只够用来买搬家所需的小用品，但若不卖，留着也没用，迟早会毁于兵灾战祸，卖他三千日元，总比平白丢掉好吧？

然而深入一想就知道，同情是于事无补的。战争是个冷酷的大魔神，在这魔神面前，万民只有运气好坏的差别，谁也无法靠自己的意志逃避命运的安排。一小时后自己会是何种命运，谁也无法预料。想要同情别人，简直是自不量力，愚不可及。

"哼，又不是只有这里才会变成战场，战火迟早会波及整个日本的。你竟能在这里嫌东嫌西，开口便宜闭口太贵，我倒真羡慕你这种境遇。"

"这样好了，逼不得已，我出四千日元，就以四千日元卖给我吧！"

"不行！五千日元已是最低价码了。我这可不是在做生意，五千日元这种低价并不是用买卖盈亏的方式估算出来的，这完全是贱价抛售，并非将本求利。我是一时心血来潮，福至心灵，才开出这种价钱的。割舍了心爱之物，自然是伤心难受，为了抚慰这种悲情，我才开出这个价钱，所以你不能破坏我此刻的心情，你不可以像买卖交易那样，一直讨价还价、减价杀价！"

亮作抬头注视野口。他脸上泪痕未干，表情如癫似狂，有点战战兢兢，往日常见的微笑已然消失。

"我若用五千日元买下，你能否在今天之内搬走？哦，应该说，你必须在今天之内给我全搬出去！"

"今天之内搬，是强人所难。这些天来，我已跟车站方面谈好了，明天就可以把行李送过去。所以，买卖若成交，明天下午我就可以搬走了。"

"此话当真？"

"绝无虚言，错不了的。但那五千日元，你什么时候要给？"

"你搬出去，我马上给。"

"那可不行！万一你改变主意不买了，我就必须留下来寻找另外的买主，那就要延后出发了。我现在最怕的是耽误了疏散的时间，到时候来不及疏散就惨了。所以，那五千日元你现在马上给我吧！"

"岂有此理，这样不公平。"

"你说这话未免可笑，对你来讲，今天之内尽快去办好登记手续才是当务之急。办好以后，你就是这座庄园的主人了，就可以高枕无忧了。"

野口的别墅就这样成了亮作之物。

第二天，野口把行李运往车站，然后又搬了一大堆锄头、镰刀、铲子、柴刀等农具来到亮作面前，说道：

"每套一百日元，要买就快。这里连木匠用的工具和泥水匠用的镘刀都有，一应俱全。你若不买，我便拿去车站前面摆摊拍卖。"

"一百日元太贵。"

"真是这样吗？我这儿连水桶、扁担、喷雾器都有，你可以去探听，现在哪个地方有在卖农具或木工用具？根本没有！现在这个时机，再也没有比这些工具更贵重的物品了。这些东西是多多益善，就算太多了也不会造成麻烦。我本来想带走的，后来转念一想，你好不容易有了一块田，要是没工具，岂非不能耕作？所以呢，我就想还是卖给你好了。你若嫌太贵，虽然很重，我还是会带走的。"

"那是附属于农地的物品。"

"照你这么说，家具也是附属于房屋的物品咯？"

"不是，你这些东西，是在户外使用的，不一样。"

"啊哈哈哈！"

"好吧，我买了。"

亮作虽然心不甘情不愿，还是从包袱中拿出一百日元钞票来。

野口一家就此搬走。

当初野口盖好这栋别墅后，便请了一个怪人住进下女专用房间，负责看守此庄。这位怪人名唤"金时"，是个二十四岁的女子，她满脸横肉，体胖身圆，力大无穷，有万夫不当之勇。

金时很会耕田，但不会做菜。若让她做菜，她就只会把水放入锅中，烧开，加入调味料，再把饭和所有菜丢进去，然后用饭勺子乱搅一通。其他任何料理都不会做。

但在田里，她一个人可抵得上好几名大汉。近两公顷的田地，她轻而易举就耕完了。要她搅锅做菜，她宁愿去搅粪坑做肥料。

没有任何男子会自找麻烦跑去追求金时，因此以田园和别墅的看守者来说，再也找不到比她更适任的人选了。

亮作完全没有耕作方面的知识，因此决定让金时留下来继续工作。两公顷的耕地可种出不少作物来，在敌军登陆以前，应该可以靠着金时的劳动度过一段悠闲自在的日子。

仅仅一日，竟有如此天差地别的大变动。住在鸡舍中一无所有的亮作摇身一变，居然成了一个不大不小的富翁。这种交易虽然是以"敌军必将在此登陆"为前提进行的，但在敌军真的登陆以前，亮作依然算是此别墅的主人，这是不容置疑的事实。

亮作心满意足。别墅的客厅如今已归他所有，于是他便跑进客厅，坐在那里发呆。战争期间，人类只要有空就会茫然发愣，这是司空见惯、不足为奇的，但亮作呆愣的样子却特别严重。

金时走进客厅，站在他背后。

"买一件棉被给老娘。"

"棉被？"

"还有蚊帐。"

"你没有吗？"

"你小子不是也没有吗？"

亮作心中涌起一阵苦楚。不错，此刻他仍是一无所有，他感到十分愤怒。

"我的毛毯分一条给你，就够用了。"

"寒冬时不够盖，立刻去买！"

"背着棉被要怎么逃难走天涯？"

"老娘负责背，蚊帐也要买。"

"蚊帐不需要。马上就要去洞穴中生活了，山洞里怎能挂蚊帐？"

"能。老娘会挖个能挂蚊帐的洞。锅子和鼎也要买。"

"那个我有。"

"太小。"

"不小了，足够煮四人份的饭呢！"

"不够。"

"你真傻，那锅子足足可装一升米哩！"

"至少要装三升才够。"

"难道你一餐要吃一升？"

"老娘一日要吃五顿。"

亮作哑口无言。金时凝视着他，似乎觉得他很可怜，但立刻又以训示的口吻说道：

"要你买，你就买。现在买，很便宜，老娘会帮你买到最便宜的。你所有的钱都给老娘拿出来！"

"要做什么？"

"全部用来买东西，要花光。"

"你疯了？身无分文怎么过日子？"

"放心，一切交给老娘。"

"收电费的来了，要怎么办？"

"田里种的，卖掉就有钱付了，你小子大可放心。"

"是吗？真的没问题吗？"

"放一百二十个心。"

"买那么多，战争的时候，要逃也背不动呀！"

"全部交给老娘负责。"

亮作觉得金时说的话很可靠，便打开包袱，拿出珍藏的秘宝。那里面还剩两千多日元。

全部拿去购物了。

金时首先买了一台推车。那推车原本已被人弃置在农用仓库中多年，早已成了废弃物，疏散时若要翻山越岭，就完全派不上用场了。金时老早以前就看上这台推车，她向亮作说，只要修一修就能用了。值此兵荒马乱之际，人人都想举家疏散逃难，所以手推车就成了最昂贵的物品，但金时却以远低于市价的费用就买到了。不过，在她所买的各种物品中，这手推车却是花费最多的。她买了很多东西，全部堆在那手推车上面，塞得满满的。

"你小子爱不爱喝酒？"

"哦，买得到吗？"

"老娘自己酿。"

金时买来酒壶和酒杯，又买到两瓶酒。亮作喜出望外，感激涕零，暗中对着上苍千恩万谢。

"你也喜欢饮酒吗？"

"老娘滴酒不沾，老娘只喜欢填饱肚皮。"

最后又买了一整套的钓鱼用具。

"田里的工作，老娘一人足可应付。你小子没事可做，若嫌无聊，不妨去钓鱼。"

"哦，可以钓鱼吗？"

"应该可以。不钓就算了。"

"我试试看。"

不久以后，战争就结束了。

亮作连做梦也没想到自己会如此幸福。他原本只希望能带着一推车的行李，和金时一同躲在山洞中，等战争过去，便回到废墟，然后尽快开始耕种，日出而作，日落而息，安居乐业，平稳度日。他已将一切希望寄托于未来。

亮作每天都去街上游荡。要他静静坐在家里，他办不到。枯坐家中独自沉思，就感觉不到自己是个拥有房屋、田产和水源的人。他常常发怔，有时像是忽然想到什么，就会忍不住放声大哭，根本不像一个心满意足的地主。他哭完后，就会跑到城里闲晃。就这样，他每天都会进城，到处去散步。

在单调无聊的战争期间，城里的一切都起了微小的变化，但亮作却将那些改变看得一清二楚。

那些变化和亮作毫无关系。能够给他自己是地主的感觉的，一项也没有。尽管如此，那还是令他眷恋。每次瞧见那些微小的改变，他都会将之牢记心中，而且觉得心头愈来愈温暖。

有一天晚上，他忽然心血来潮，想要在门口挂一块牌子，写上自己的姓名。

他以前从未在家门口挂名牌，只因没有人会给他写信，他也未曾希望任何人寄信来。如今他已不再留恋往昔的一切，只觉得梅村亮作此人已死，因此才打算挂出一块牌子，写上一个全新的姓名。他想到这里，心中快乐无比。

他打开窗户，仰望清澈的夜空，仔细思考这件事。

战争结束之前，他常躲在溪边岩石后面，享受偷偷垂钓的乐趣，那时他见到许多水鸟在溪中嬉戏。那条小溪附近有不少小鸟。

"酒"又称"水鸟"，这是一句俏皮话。把"酒"字一分为二，就变成"水"和"鸟"（酉）两字①。金时自酿的浊酒极为难喝。她酿出来的，若仍是酒的一种，那也就罢了，但她却老是酿成甜酒②。金时是真心诚意在酿酒，却缺乏上进心，所以永远无法进步改良。每次酿成甜酒，亮作就觉得一阵失望，但他自己却不想去学习制法以酿出美味的浊酒。若能每天都喝到香醇的浊酒，必定十分惬意愉快，然而他却觉得，喝下金时以笨拙的方法酿出的浊酒或甜酒，就已心满意足了。他认为，若是每天都喝香醇的浊酒，未免太单调乏味了；像这样，不知这次喝到的是怎样的酒，内心有一种期待感，反而比较好。金时无论做什么事都马虎草率，大而化之，可是亮作却认为那样才具有人性，才充满人情味。别人精心酿造的浊酒，亮作不稀罕；金时随随便便酿出的浊酒，虽然味道不佳，难以下咽，亮作却反而视若珍宝，十分爱惜。

"嗯，水鸟亭，这名字不错。"

---

① 鸟与酉日语同音。
② 有人认为甜酒不是酒。

他抬头一看,只见得一弯新月正遥挂山巅。

"哦,就叫做水鸟亭山月好了,决定了。"

只见他削好竹片,再用小刀刻上那些文字,就这样做成了一块门牌。

在伊东周围的群山上,残留着为防止战时敌军登陆而挖的无数洞穴。与防空洞不同,由于这些宽阔的洞穴用于陆战,因而坦克和卡车也可以与部队一同进入隐蔽。

这些洞穴中离市区最近的一处成了乞丐的居所。在伊东,田间有温泉喷涌,旅馆和渔民街有大量的残羹冷炙供乞丐食用,因此这里是乞丐和野狗的天堂。上野地下通道的居民听闻此信,皆移居至此。以他们为首,不久后大概有六十多户定居于此。

这些人里,有位六十多岁的老人,据说他曾是中学[①]老师。总体来说,这里的乞丐或许是营养充沛的缘故,气色俱佳,体态良好,另外还能随心所欲地去泡田里的露天温泉。许是此故,他们身体洁净,与在战争中无家可归的人们相比要显得整洁许多。能够区分他们是乞丐的,就是他们身背水桶、饭盒、锅具和针线等日用品走动。所以,即使有些时髦的住户被不明就里的旅行者看成登山家,也毫不稀奇。

那位曾担任过中学教师的老人虽被众人称做老爷子,但精气神十足,让人以为他如今还是中学老师。此外他的威严

---

① 相当于日本现在的高中。

水鸟亭

尚在,虽然这股威严主要源于他鼻子下方的胡须,以及冥想般的眼神,但倘若没有因充足营养而保养良好的光滑皮肤,或许这股威严就要削减一半了。

他似乎喜爱孤独逍遥。虽然身背日用品,迈开缓慢稳健的步伐走在街上,看起来不像去上班,但当他在路上偶然看到工作的人时,便会喃喃说道:

"道路扩建,道路扩建。"

另外,当他看到路旁涌出的温泉时,还会喃喃说:

"温泉涌出,温泉涌出。"

他偶然间来到了水鸟亭前。他到这里来还是第一次,不过他这份休闲逍遥并非与职业全无关系,许是至今为止,他都没有机会在孤零零立于田园中的水鸟亭前的小道上漫步吧。

来到水鸟亭的门前,他突然停下了稳健的脚步。是什么东西打断了曾经不为外物所动的哲人的脚步节奏呢?此物便是门上的门牌。

"水鸟亭山月,水鸟亭山月。"

他反复诵读了两遍后,迈出了脚步。然后,他一边走,一边又喃喃说道:

"水鸟亭山月,嗯。是浪曲师[①]的别墅吗?"

接着,他又嘀咕道:

"浪曲师别墅,浪曲师别墅。"

---

① "浪曲"即"浪花调",是日本一种大众曲艺。三味线伴奏,由一个演员以通俗易懂的曲调说唱故事。

在围墙边照看田地的亮作，悄悄地看着这一情景，听着他说的话。然后，一阵令他喘不过气来的惊恐向亮作袭来。

距离战争结束已经过去了数年。市场上的商品种类变得多种多样。人们似乎已然忘却了那个将猪食配发给人、即便这样还会停发一个多月的时代。将自家田地的作物如珍馐般珍重的时代已然过去了。花钱便能买到肉和砂糖，还能买到外国的奶酪，甚至连苏格兰的威士忌也能买到。几年前，一尾沙丁鱼都是绝世珍品，可如今在伊东的渔夫街上，那些竹筴鱼和青花鱼的鱼干连野狗都不屑一顾；在温泉街，伊势虾做的菜肴只动了一筷子便被扔进垃圾箱。

也难怪这群穴居的乞丐会渐渐近乎圣贤。因为他们不愁居住，甚至还营养充沛。

在亮作一人——不，是改名后的水鸟亭山月——看来，他得到并拼命守卫的，只有一栋房子和简陋的田地。而且他的吃穿住在战争中毫无变化。除了吃自己田地里种的粮食外，他一文不名。可谓既无钱又无工作。不，他已自诩为温泉和田地之主。虽然听着有些难以置信，不过他的这种心境，用斜阳族①一词来形容或许再贴切不过了。他已然狂妄自大，坚持不拾地上掉落的东西，甚至连求职工作也不屑一顾。

亮作知道，在穴居的居民中有一位大放光彩的老爷子。他见过那位老爷子一边嘟囔"道路扩建、道路扩建"一边道

---

① 指第二次世界大战后日渐没落的贵族等上层人物。源自太宰治的小说《斜阳》。

遥自在地走动的样子，也得知他曾是中学教师。

当他知道老爷子的存在时，感到了一种讽刺性的满足。他认为，中学教员是自己半生之愿，自己虽然从未当上教员，却成为了温泉和田地别墅的主人。而那位前中学教员，则不过是洞穴的居民。

然而，随着战争阴影的淡薄，随着生活拮据的悲哀愈加深刻，"老爷子"的存在成了他最大的回忆。那是他心中可怕的秘密，而且，唯有这个秘密，是他不想让任何人知道的。

与老爷子安定的生活相反，他的生活却很不稳定。分文无收，却不得不纳税捐款，还要咬紧牙关守住世间的虚荣。虽然他称自己是温泉田地别墅的主人，但由此来看，老爷子不也是温泉和田地的主人吗？他们拥有露天澡堂，不仅田地，还有海渔场和野牧场。他们可以吃到山野大海的所有食物。

可是，亮作无法丢掉轻视乞丐、自诩别墅主人的心境。也许是因为无法忘掉这点，所以他的生活窘迫。被老爷子的存在所压倒的心中的秘密使他变得胆小如鼠。

"浪曲师别墅，浪曲师别墅。"

老爷子嘟囔着这句话离去了。虽然他好像看到了在围墙边劳作的亮作，但似乎对浪曲师这样的人毫无兴趣。打乱他稳健脚步节奏的，主要是写着"水鸟亭山月"的门牌。亮作也意识到了这点。

"水鸟亭山月……"

老爷子的身影消失在远方后，亮作如此喃喃道。

亮作深切地意识到，老爷子认出的只是水鸟亭山月的门牌，而非他自己的存在。这是理所当然的。

"这个门牌不是我的。"

他想摘掉水鸟亭山月的门牌。但是，当他绕到门前看门牌时，却感到一阵心痛，无法摘掉。虽然他几次忖度，但再次犹豫不决，依旧无法摘掉。

第二天早上，人们发现他并没有摘掉门牌，而是自己在鸡舍旁上吊死了。

都会中的孤岛

都会の中の孤島

安纳塔罕岛①的悲剧，当然是没有战争就不会发生的。最起码彼此并不会相识，而会是各自过完互不相干的一生吧。

但是，像安纳塔罕那样的事件本身，并不属于那种只要没有战争就不可能会发生的性质。

为了一个女人而相互残杀，即使不是处在深山里的战场那样条件类似安纳塔罕的土地上，而是在都会之中，应该也是司空见惯的事。

在安纳塔罕因为既没有法律也没有刑警，因此每个人的心理与我们不同，是很开放的。但认为在那一点上自然而然就应当有些差异，似乎也太过于牵强附会。

---

① 这是"二战"时发生在太平洋安纳塔罕岛上的真实故事。日本战败时三十个日本兵和一个女人被隔绝在岛上的丛林里。这群男人共同拥有一个女人过着和平的原始生活，几年后才被发现。

一旦形成多达三十人的生活团体，便自然地会有法律产生。彼此的目光，就是这个法律。反倒是，如果三十个人，以每个个人生活圈而言，是有点嫌多了，一般说来，在我们的纠纷背后，并不会感受到有多达三十人的眼光，顶多只有几个人左右，这即便是在都会生活中，也算是很普通的吧。

即使是在都会的核心区域，也多得是如同在孤岛上过日子的人。他们或她们，虽然也会搭乘电车或公车去上班，去买东西，但那是去外地的生活。其个人生活完全有如在孤岛中那般生活着的人，并不在少数。

以这样的某一个人为例，譬如就拿这个故事的女主角美也子——在她那有如孤岛般的生活圈内，被称为美也——来看看吧。

她是东京繁华大街上某个角落里一间小酒馆的服务生，却从来也没看过报纸。她醒来的时候已经接近中午时分了，正是晚报第一版差不多要出来的时间，因此早报当然已经算是旧报纸了。这也是由于她的生活在时间上刚好跟报纸错开，但是她不看报纸的理由并非此故，而纯粹只是因为没兴趣。

就算是看报纸，上面也不会出现跟她自己有关联的新闻，那些每天不规规矩矩地读报纸，就无法感觉自己是活着的人们的生活方式，对她来说，实在是很难以想象的。

报上不可能会刊登跟她扯上关系的新闻，这一点方才已经提到过了，不过以她的状况而言，也说不定能刊登那样的新闻。

诚然对上班族来说，虽然刊登了一些"冲吧！""一万日元基础啦！""冷战啊！"之类怎么看都不会跟自己有密切的关系的报道；但是跟个人生活直接相关的报道，一辈子也看不到几次。

然而美也子的情形是，就算她情夫们的名字一起出现在报纸上也不稀奇。

不管是慢郎中阿弁，还是右平，谁都不认为是寻常的人。以黑市人物而言，他们的金钱周转未免太过灵光，可是服装却较差。因此推测右平大概是个小偷，这事已是定论了。该不会是轰动社会的通缉犯之一吧！十之八九就是其中之一，连美也子自己都是这么想的。

即便如此，美也子也不曾为了要知道究竟正在惊动整个社会的是怎样的通缉犯，而产生要去看报纸的念头。

换言之，就算右平是小偷或是杀人犯也无所谓，她对这种事情是漠不关心的。不论在社会上是什么人都无关紧要。就连慢郎中阿弁和右平的工作地点、住址和本名，她都不知道。这就是她在东京的核心区域里的日常生活。

她同时得到慢郎中阿弁和右平热烈的求婚，对此她的回答是一视同仁的，"如果没有那个人的话……"就这么一句话。也就是说，她虽然没说只要有一方死了的话，但是说"没有那个人的话"，这意思就是只要另外一个不存在的话，简而言之就是只要杀了另外一个就会得到这个结果，唯有这样的结论才勉勉强强吻合那句话。于是两人当然都开始对彼此考虑起这件事情来了。

不论在都会中，或是在农村，这样的孤岛到处都有。而且，在那里，跟安纳塔罕相同的事件，既不离奇也不诡异地进行着。

慢郎中阿弁已经四十一岁了。他对工作地点、家庭状况等，都算相当老实地向美也子和孤岛的熟客坦承以告，但这只是些没人会相信的话而已。而且，不被信任并非因为他的缺德，是因为其他的家伙心里都明白得很，在这样的地方是不可能说出自己真实身世的。也就是说，其他的家伙们——当然美也子也是——并没有对任何人老实说出自己真正的身世，也认定其他人一定都跟自己一样。

慢郎中阿弁在公司里也被叫做慢郎中阿弁。不，他以为在这个小酒馆里诉说自己真实的身世境遇，会跟在公司里一样获得人们信任的回报，但在这里被相信的，可以说唯有"慢郎中阿弁"这个绰号而已。

他在那个货运公司里，是从战前一直做到现在的老司机，是最资深的现场作业员也是上司。这里的现场作业员除了来自公司的固定收入外，还有出差的收入，所以身为上司的他，虽然服装打扮看来如同黑市里的人，但收入却比他们好。因此这也是他关于自己的经历不被人相信的原因之一。

他的服装不仅草率马虎，甚至还有些肮脏邋遢。这是由于他三年前丧妻的缘故。长女中学毕业后虽然留在家里帮忙做家务，但是在她之下还有三个弟弟妹妹，这样年轻的免费用人，是不可能注意到父亲身边的细节的。再加上自从认识美也子以来，慢郎中阿弁的生活完全变了个样。不仅经常不在家里，而且只给孩子们勉强度日的微薄生活费。为此，他和长女之间陷入了略带冷战倾向的关系。

这所有的事情，都是他在藤之家①里对人们开诚布公的事实，却没有半个人会相信的话。

即使是慢郎中阿弁，也知道在藤之家这种气氛的地方，把自己的身份来历揭露给大家看，并不是件妥当的事情，但由于一心想要跟美也子结婚，他实在热心到说出实话来。因为他认为，比起那些弄不清楚究竟是小偷还是杀人犯的人，女人会比较愿意跟能够对人坦承身份来历的男人结婚。

然而，有的女人觉得没有必要把男人的身份来历当成一回事。后来，慢郎中阿弁终于了解到，美也子正是这样的一名女子。美也子愿意对慢郎中阿弁以身相许，并非为了结婚，而是为了钱。美也子不理睬没有钱的男人。

把好几个情夫摆在眼前，以当天身上所带金钱的多寡来决定那一夜的情人，这是很平常的事。当然，并非明目张胆地去比较他们身上所带的钱，但会在拐弯抹角地打探过钱包之后，以"你今天晚上回去吧"这样的方式轻声耳语。结果跟公开比较身上所带的钱是一样的，但情夫们那百依百顺的习惯，全是靠着她的手腕自然形成的。在很极端的时候，也

---

① 这是小酒馆的店名。

会有熟面孔全被赶出去，只把那天晚上第一次上门的新面孔留下来的情况发生。这个新面孔能够自命不凡地以为只有自己才是美男子，也只不过是那一晚罢了，在下一次的机会中得知原委后，大概都从此不再出现了。

当然也会有争风吃醋的事情发生。但是既然孤岛的女王这样清楚明白表达出这是以金钱来交易的，那便同妓院的情况一样。实际上在同为熟客的情况下，对彼此相安无事地排队轮流等待嫖妓的事实，一点也不稀奇。

明知是这样的女人，却依然有不改初衷想要与她结婚的男人，这并不算是特例。所谓的恋爱，就是这么回事。像这样的恋爱反倒是比较认真的吧。至少，慢郎中阿弁是认真的。

许多情夫出现了又离去，但到最后一定会留下来的，正是慢郎中阿弁和右平。虽然自称右平，但这大概不是本名吧。只要一喝醉了，他就会故意地说：

"右平！"

做出两手扶在桌面上叩拜的动作。那声音中的沙哑、身体的动作，都让人感觉他曾经有过江湖艺人或其他类似的经历，但那似乎并非他现在的职业，所以还不确定。

他在金钱的周转上似乎相当良好，也因此才会得出他大约有百分之九十的可能是小偷的结论来。

所有来这家店的熟客都是一度跟美也子有过关系的男人。但既有把这当做一夜情画上句号，而且认为像那样的一夜温存，就算在往后想要的时候也可能会有，所以反而觉得这样比较轻松的熟客；也有因为这个小姐只要没有钱就不肯，便自然而然地放弃了的人。在这些稍显冷静的男人眼中，慢郎中阿弁和右平那缺乏冷静的对立情势，看来已经演变到非要其中一位把对方给杀了，事情才可能会摆平的地步了。这两人想要独占美也子的心意，在别人眼里看来是那样强烈。

在稍显冷静的熟客中，也有人想到，美也子除了这两名情夫之外，应该还有个真正的情人。

美也子只不过是这个店里的女服务生。店老板是撤退回来的夫妇，对这个生意也没经验，而且心里不但没有好感，甚至还很厌恶，一副为了生活迫不得已才做的样子。老板夫妇完全不理会客人，店里的事情大有悉数交给美也子掌管的态势。

美也子睡在店里，若无其事地让客人在自己的房间里过夜。但是，她中午过后经常出门去别的地方，只要早一点到店里来的熟客都会察觉到。

"美也有情夫吧。"

如果这么问老板夫妇，得到的回答只是："那个孩子的事情，我们哪知道啊。"

那模样，好像不仅仅针对美也子的私生活，连对她所有的客人都怀抱着敌意似的。

这对夫妇极力避免陷入那种任意让敌人看到自己的脸、非得说句废话不可的窘境中，专心地窝在里面支使美也子，好像冷酷无情地只想要从敌人身上夺取财物。

唯有慢郎中阿弁多少能够被这对夫妇当做人来对待。

那是因为慢郎中阿弁在他休假的日子——并不是星期日——大白天就到这家店里来玩，而大致都是美也子外出的时候，这样累积了几次和老板夫妇交谈的经验，在不知不觉中获得了老板夫妇的喜爱。嗯，也许这么说比较妥当吧。

当然绝对不是被当做知己好友般对待，也不是已经博得了信任。只是比起仇敌、小偷或杀人犯来，算是表现出高一层次的亲密感而已。

其结果是，慢郎中阿弁比其他熟客了解到更深一层的真相。

他虽然被叫做慢郎中阿弁，但要是认为他只是普通迟钝的话，那就是被他给骗了。他的确是一点也不聪明机灵，并且是那种容易被人瞧不起的类型。

例如在军队里的时候，即使是那些脑筋灵活的人，官方供给的物品也会遭窃的。于是为了要填补回来，他们就盯上了慢郎中阿弁随身携带的东西。人们都深信不疑地认为，慢郎中阿弁是经常被聪明机灵的人拿来当牺牲品的可怜虫。

可是实际上，慢郎中阿弁很少有被牺牲的情形发生。那是因为，他生来就知道自己是个容易陷入那种窘境的人，所以就会有防患未然的强烈本能，而他那提心吊胆的本能让他看起来更加迟钝。也因为有这样的本能与谨小慎微，他不但实际上几乎不曾遭受过损失，就算蒙受损失，他也有那种天分会趁着别人知道前赶快补充回来，然后装出若无其事的样子来。谁也不知道他有这个天分，那是因为，他们都自作聪明地以为他是个不会做这些事的迟钝角色。他甚至还有个本能，会灵活运用自己容易被人当做慢郎中的特点。

乍看之下，这虽然是个如变色龙的变色本能那样单纯的事情，但是就人类的情况来说，这也许是个非常高深的才能呢。

他是当真迷恋上美也子，热切期待着要跟她结婚，因此藏在他那迟钝面纱下的才能，开始对每个人秘密地展开惊人的行动。

同时，对美也子的真正情夫是谁这件事，他也是最先查明真相的人。

大约半年前，有个常到这家店来吃关东煮的打工学生。因为他不喝酒只吃关东煮和白饭，所以不会在店里久待，跟熟客也没有往来；又因为身上连可以买下美也子一夜春宵的钱也没有，所以谁也没把他当做一回事；但是这个叫中井的学生，正是美也子真正的情夫。

慢郎中阿弁根据诸多线索推断，并经过实地探查发现，美也子白天外出的目的地是中井的公寓。他立刻直觉地认为，这才是真正的大敌。

中井是个半工半读的学生，身上不可能有钱。况且美也子会去理睬没钱男人的这种事实，可就跟对其他男人的情况不同，他认为正说明了这是真正的恋爱行径。

慢郎中阿弁老早就对美也子把金钱花到哪里起了疑心。根据藤之家的老板夫妇所言：

"美也不需要花伙食费，也不需要缴纳税金，况且几乎每天晚上都在卖身，要说她有多少钱，那我可不知喽。"

一定是这么回事。就连和服、手提包之类的，基本都是男人买给她的，多半都是右平买的。慢郎中阿弁也不服输，每个月一次或两次的，总会买些衣物或其他礼物给她。不过，不能和金钱周转灵活得跟小偷似的右平相比。光是靠右平和慢郎中阿弁买给她的东西，美也子的衣裳就已经很够用了，事实上也几乎看不出来美也子有动用自己钱买东西的迹象。

更何况，美也子连个衣柜也没有。只要季节一更替，男人们买给她的和服就不知不觉地消失不见了，美也子那位于阁楼上的寝室里，除了一张永远也不整理的床铺之外，什么东西都看不到。

美也子是个很能睡的女人。睡得很熟，跟个死人一样。这同时也是那个房间里没有任何东西怕被人偷走的证据。

"她真正的房间，会不会是在某个地方啊？"

慢郎中阿弁这么想着，如果不是这样的话，就无从解释了。所有的东西都消失到某个地方去了吧。他认为，应当有个躲在幕后的人握着她的存折。

由于早就起了疑心，慢郎中阿弁为了要查明美也子白天外出的目的地而以异常的执著采取行动。查出目的地是中井的公寓之后，他了解到那才是美也子真正的情夫。

这么一来，他察觉到了一件可怕的事情。

每当慢郎中阿弁恳求美也子和他结婚时，她就会这么说：

"这个嘛！你是个值得依靠的人，我也想要跟你结婚，可是右平也跟你一样热诚，不是吗？要是跟你在一起的话，大概我们两个人都会被右平给杀了的。就连现在，他都嫌你碍事呢，好像有要杀掉你而独占我的念头呢。"

她这么说。然后又补充了一句："如果没有右平先生的话，就可以跟你在一起了呢。"

接着还会故意唉声叹气地给人看。

在还不知道有中井存在的时候，这句话在慢郎中阿弁的耳中是那么恋恋不舍、感伤遗憾、郁郁寡欢。然而，在得知有中井这号人物之后再一想，这不是愚弄人的话吗？

美也子强调不能结婚的理由是，右平会杀了他们二人；以及就算不是这样，右平也会为了要除去慢郎中阿弁而随时伺机行动。然后再叹一口气，用非常难过的口气说："要是没有那个右平的话，我就可以跟你在一起了呢。"但是，如果把这看成是她的口头禅的话，恐怕当右平向她求婚的时候，她也是用相同的口头禅来回答他的。

若是如此，那么右平把慢郎中阿弁当做结婚的阻碍者，为了要消灭他而紧盯着他的这回事，在成为右平的意志之前，一定是出自于美也子的意志。

"对美也子来说，事实上我和右平都是碍眼的家伙。她一定期望着两个阻碍者相互厮杀，最后一方被杀死，一方成为罪犯消失掉吧。因为中井已经快要从学校毕业了，让其他两名男子为入幕之宾的时期，已经要成为过去了。"

慢郎中阿弁心想，这一来所有的疑问都消除了。在那之前虽然没有那么切实地想过，但是美也子所说的，右平为了要杀掉慢郎中阿弁而紧盯着他，是件非常重大的事情，他感觉到那个危险正逐渐逼近自己。

因为这并不是右平的意志，而是美也子的意志，这也就是说，慢郎中阿弁不得不理解到，有远比右平自己的意志更加强大的执行力存在着。

"美也一定会叫右平把我给杀了，然后让右平去当罪犯。"

比起由慢郎中阿弁去杀右平，还是这样的可能性比较强。右平原本就被人认为是个小偷杀人犯之流的家伙，力量大，也很习惯打架。大概也有前科，肯定也还有其他的罪行。

这家店是都会中的孤岛，这件事虽然已经陈述过了，但以这里的居民和熟客的心理而论，更是如此。

他和美也子，都对什么拉斯柯尔尼科夫的心理啊，史塔瓦洛欧金的心理之类的东西一无所知。就连现代的心理小说，现代的侦探小说也不知道。所知道的，顶多只是高桥关东煮、村井长庵、狐狸精阿百之类的事情而已，而那正是从内部或外部，实际推动他们的动力。

慢郎中阿弁为了保护身家性命，不受逐步逼近自己的危险所威胁，开始认真地准备战斗。

那时候，由于汽车遭抢的事件急遽增加，慢郎中阿弁公司里的司机们为了自卫请教练来讲习。教练是铁棍的高手，司机们手上拿着螺丝起子，开始练习战斗。慢郎中阿弁率先参加了这个讲习。

"你是开卡车的，不要紧啦。"

虽然人们都这么对他说，但是阿弁却不这么认为。

"不，就算是卡车，谁知道接下来会变成怎样啊。出租车都变得小心谨慎之后，就轮到卡车被当做目标了。"

慢郎中阿弁的练习，是比任何人都要认真的。

但是，慢郎中阿弁并没有放弃对美也子的初衷，反倒越发认真了。并且，为了要反过来打倒来袭击的右平，也要击退中井的攻击，成为最后独占美也子的男人，他更加勤奋努力地练习螺丝起子战法。

某一天晚上，慢郎中阿弁是美也子那一夜的情人。

在阁楼上的寝室里帮慢郎中阿弁换衣服的美也子，从他大衣内侧的暗袋中发现了螺丝起子。

美也子手上拿着螺丝起子，先是目不转睛地看着，之后却逐渐地眼神发亮。然后，她说道：

"你啊，在打楼下老板的主意吧。"

"傻瓜，我跟那种专门伺机打别人主意的红莲队不一样。这一阵子因为很不平静，为了小心起见才随身带着的。"

"哼，我也想过谁在打楼下老板的主意，反正这里的熟客都不是普通角色。首先，楼下的人赚太多啦。他们做这行买卖不打算让人赊账呢。而且，还真的就坚持下来了。这都是勉强我去做到的。为了这样，我就连遇到讨厌的客人也不得不提供奇怪的服务。尽可能地压榨、紧紧抓住不放，被人盯上也是理所当然的。要是没人觊觎他们,那才真是奇怪呢。但是我可没想到,你居然会是第一个采取行动的,这真是人不可貌相啊!"

"别胡说了。我可是在正经公司里工作的哦,是每个月有五万日元以上正当收入的人哪。战争结束后,虽然说不大,但我也是个自己盖起了一间房子的人呀。跟来这里喝酒的其他熟客比起来,恕我不客气地说,是不同类的。我随身带着螺丝起子,是因为不知道右平那家伙,什么时候会来袭击我。"

"拜托,你可别杀了楼下的人。虽然是讨厌的家伙,但至少是住在一起,还一同工作的人嘛。在一片血海中,像是烂掉的鱼那样,眼珠子都飞了出来……我可不想看到殴打砍杀的样子。呃,好恐怖。"

"喂,别说那种让人不舒服的话。"

"可是,人家害怕嘛。男人,每个都很可怕。一有机会,就会做出很绝的事来。要是被钱逼急了,才去打主意的倒也罢了,但对认识的人还是尽量不要这样做。虽说是讨厌的家伙,知道他们赚得太多,但好歹也是楼上楼下的邻居吧。被惨叫声给吵醒,我可受不了啊。哦,真的好恐怖。"

然而,在那之后,慢郎中阿弁依然螺丝起子不离身。

于是美也子就当着许多正在喝酒的熟客面前说道:

"这个人啊,身上带着螺丝起子呢,片刻也不离身的哦。"

一边笑着,一边毫不留情地说着。慢郎中阿弁不好意思地羞红了脸。

"我是个司机嘛,必须要小心防范汽车强盗才行。提心吊胆的生意,做来很辛苦呢。"

但是,右平闻言脸色大变,全让慢郎中阿弁看在眼里。美也子满脸笑容地转过头去,似乎心满意足。

"你为什么要那样说呢?"

事后慢郎中阿弁如此责备美也子。

"那是因为人家担心嘛。你在觊觎着楼下的夫妇,所以我害怕嘛。要是先把话说在前面,你就不能够一个不留神,就用螺丝起子去把楼下的夫妇打死吧。我们晚辈,还是不要这样吧,连我也会睡不安稳的。"

美也子板着一张苍白的脸孔,用一种再也无法忍耐的汹汹气势说道。

在那之后过了将近一个月。

那一夜的情人是慢郎中阿弁。由于当晚几乎没有客人,为了店里的基本营业额,慢郎中阿弁受美也子之托,喝多了。不只那一晚,在生意不好的时候,强迫运气不好的客人把其他客人的那份也一并消费,是这家店惯用的生意伎俩。

慢郎中阿弁在破晓时分睁开了眼睛,喉咙像火烧似的干渴。

他很自然地回想起昨晚饮酒过量的事情来。过量到自己都已经不记得究竟喝了多少酒。客人来得相当少,但是由于慢郎中阿弁猛灌了许多酒,十一点多就打烊了,慢郎中阿弁也上了阁楼去。于是慢郎中阿弁回想起来,就在那个时候,不知谁来了。

"我们已经打烊了。"楼下的老太太好像出去这样说,谢绝客人。但是,似乎来人还在纠缠不清,所以美也子站起身来说:"我去看一下。"

"是右平吧。"

"不是吧。"

"把店门关了吧。"

"好,我会的。"

美也子走下阁楼去。过了一会儿楼下安静下来,美也子回来了。

慢郎中阿弁心想,不是右平。如果是右平的话,因为他身上钱多,即使是在打烊之后,也会打开店门让他进来喝的。就算留下来过夜的客人上了阁楼,通常也会让右平进来喝酒。而那段时间里,美也子就会把阁楼上的客人丢在那里置之不理。慢郎中阿弁遭到这种待遇时感到很气愤,自己也故意挑那种快要打烊的时候,上门来强求,果然还是可以让他喝酒。有时候也会因为这样而让他心情大好。

因此,像昨晚那样生意不好的时候,楼下的夫妻不会啰唆抱怨,一定会立刻让右平进来,把美也子叫下楼,让她去帮右平斟酒。所以说,应当不是右平才对。慢郎中阿弁逐渐回想起事情的经过来。

慢郎中阿弁喉咙干渴得像快烧焦似的,决定下楼去喝水。上下阁楼用的是普通的梯子，所以如果不小心的话是很危险的。

一级一级小心翼翼地踩下楼来，正好就到达厨房的位置，另一边隔着拉门，是老板夫妻的房间。正是隆冬季节，而且是一对连盛夏时节都会忍耐着拉上门的夫妇。那个拉门却是敞开着的。

真是奇怪，慢郎中阿弁心想。总觉得，所有的情况都很诡异。这可奇怪了……慢郎中阿弁突然想起他先前的练习，一面摆出全身戒备的架势，但是手上没有螺丝起子是比较不方便些，他非常担心摆不出标准的架势来会很不顺手。

但事情实在是太奇妙了。就在他的脚边不远处，确实放着一把螺丝起子。

当然像螺丝起子这种东西，不管是谁的，看起来似乎都一样，不是那种一看就知道这是自己的、特征一目了然的东西。慢郎中阿弁因为觉得过于匪夷所思而大吃一惊，慌忙捡起螺丝起子来。

手上黏糊糊地不知道沾到了什么东西。心想，是油吧。仔细一看，是血。螺丝起子上沾满了血迹。

试着在一片漆黑的拉门那一头寻找之后，发觉情况有异。一步两步地往前走近，探头往里面一瞧，简直是一片混乱。下定决心踏进里面一看，老板夫妇两人就如同死鱼一样眼睛往外翻，躺在血泊中气绝而亡。

接下来的事情，慢郎中阿弁是在警察局的单人房中，恍如做梦般回想起来的。

一切都很绝望。要是早知道会变成现在这个样子，为什么那个时候，不立刻去向警察报案呢？或者是，应该不管如何都要先叫醒美也子，好一起商量接下来的事宜，等候适当时机再行动才是。

这时候慢郎中阿弁天生的自卫本能，很自然地主动引导了他。那在军营里偷偷补充被偷走的官方供给品时，虽然很有效，但对收拾这种大事却是破绽百出。

慢郎中阿弁回到阁楼上，搜寻自己的外套口袋。任何一个口袋里都找不到自己的螺丝起子。连西服的口袋，房间里的每一个地方，都找遍了。到处都找不到螺丝起子。

"那就是说，这是我的螺丝起子喽！"

慢郎中阿弁这时整个人都惊慌失措了。虽然丧失了冷静，但唯独天生的变色龙自卫本能还正常运行。于是他就像总是自然而然地会去做的那样，被本能引导着行动。

穿上西服，套上外套，看看四周有没有掉落的东西，走下阁楼去，把螺丝起子藏在胸前，蹑手蹑脚悄无声息地走到外面去。

那是为了要偷偷地把螺丝起子给处理掉。他终于成功地将螺丝起子扔进河里。但是，至此已经精疲力竭了。再次回到阁楼上，装出一脸若无其事继续睡觉的把戏，他可没有本事办到，便信步而行，开始四处流浪。

第二天回到家。被埋伏的警官给逮个正着。

不论他怎样坚持自己说的是实话，也不被相信。他的坚持己见，看来格外像在说谎。

他杀人后逃亡的解释，比起他的辩解更吻合一切状况数百倍。不仅如此，他所弃置的螺丝起子，也在他自己供述的地方找到了。那虽然是理所当然的事情，但这成为他杀人证据的概率，比起当做他没有杀人的证据的概率，还要高出几百倍。

在这种情况下，认定他是凶手，应该不会被指责为误判吧。例如要是在现场除了慢郎中阿弁沾满血迹的指纹之外，也发现了其他指纹的话，应该就能够成为积极否定他犯下罪行的有力根据，但是并没有出现这样的东西。

岂止如此，现场的脚印，是由慢郎中阿弁的鞋子踩出来的。换言之，凶手是穿着慢郎中阿弁的鞋子去杀人的。少数赤脚的脚印，也是慢郎中阿弁的。这些是慢郎中阿弁在发现现场时留下的脚印。两边都是慢郎中阿弁的脚印，实在是毫无办法了。

至于说到匪夷所思，大概就仅止于慢郎中阿弁的衣服没有沾染到血迹的这件事，从现场的情况来判断的话，照理说应该会沾到相当大量的血迹才对。然而在他的西服和外套，以及脱下来扔在阁楼里的浴衣上，都没有染血的痕迹。

大冬天的光着身子去杀人，是很罕见的例子。用冷得跟冰一样的冷水来清洗染血的裸体，也是件相当困难的事情。但是，跟杀人这件事的重大性相比，大冬天用冷水洗澡，也就不值得一提了。那些寒天参拜的人们，不就是在严冬的深夜里以水浴身的吗？

他在一审时，被判处了死刑。

那个时候，在红灯区里的某个地方，有个女子以千代子之名，开始工作。

稍有身材略具姿色，有许多客人围绕着她，但她却微笑着对大家这样说道：

"我之所以会在这种地方工作，是因为暂时有必要把自己藏起来。我啊，被人盯上了呢。"

"是被分手的老公盯上吗？"

"大概就像是那样吧。"

"那，不就永远也解决不了了吗？你打算要躲一辈子吗？"

"要一直躲到有人被判死刑。那种事，我也弄不太清楚。"

"你老公在监狱里吗？"

"我才不知道呢。"

真是不得要领的对话。

没多久一个靠着妓女吃软饭的男人，跟这个女人成了好朋友。吃软饭的长得仪表堂堂，力气很大，在这个区域里是压得住场面的大哥。

女子终于只对这个吃软饭的坦承了所有的一切。那是因为她觉得要跟他结婚也行，这女人就是美也子。

"那就是说，中井是凶手喽？"

"是啊。打烊了之后，听到有个醉鬼来发牢骚的声音，所以我才下楼去的。不是什么醉鬼，而是中井。因为他拜托我让他留下来过夜，我的房间虽然不能让他住，但是在天亮之前让他睡在店里也无所谓，所以就丢下他不管，上二楼去了。因为我觉得有点危险，就事先悄悄地把梯子拉上来，让他没有办法爬上阁楼去。不出我所料，中井杀了楼下的夫妇俩，把钱偷走了。"

"你不去告诉警察吗？"

"可是，中井他不准我说啊。我也被中井整得很惨，现在对他也没有什么喜欢不喜欢的。没有必要袒护他，你说对吧？凶手是谁，不是都无所谓吗？"

"可是，这不是死刑吗？"

"既然都有人被杀死了，有人被判死刑也是没办法的事啊。"

"去你的！你别想要说谎。你这家伙，是共犯吧。"

"你说话真是刺耳啊。"

"你在说些什么啊？那慢郎中阿弁的螺丝起子，为什么会跑到中井的手里去。你说呢？你看，这不是很奇怪吗？要不是有人亲手交给他，怎么可能会发生那种事情呢，对吧？"

"那个，是这样的啦。是因为慢郎中阿弁喝醉了酒，醉醺醺地把螺丝起子拿出来玩，所以我才把它拿起来，放在店里的桌子下。那种事，早就忘记了。谁想到中井居然会来，还拿着它去杀人啊。"

"中井他，现在在做什么？"

"我哪知道。那家伙是个忘恩负义的人，是我让他能够读到学校毕业的。把我的东西全都卖光了，更过分的是，他还另结新欢。可是，回想起来，我并没有迷恋过中井呢。"

"既然珍藏的东西全部都拿去供养他了，那铁定是迷恋上他了。"

"才不是。好像只是想要做做那种事情而已。因为我一点也不在意，就算是从今以后，想要做那种事情的话，要做个几遍都行的。我啊，也不会想要对中井复仇呢。"

"那你也不想要救慢郎中阿弁吗？"

"才不想呢。我告诉你，这个社会，马马虎虎就好啦。如果当真要每一件事都规规矩矩地做，哪里做得来啊？我心里一直隐隐约约地想着，管他是谁杀了楼下的夫妇都好。基本上谁杀了谁，又有什么关系。无论什么事都是在做生意。有杀人的生意，也有抓杀人犯的生意，然后你说，这是捉错凶手了，但那不也只是换个男人去代替而已吗？要是照你说的那样，像胖胖这种店，哪还能做得下去啊。战争也是这么一回事。因为一切都是随随便便的，所以这个社会才会这样圆满。要是你觉得慢郎中阿弁是凶手不好的话，那你就不要到胖胖屋来玩了。"

"真是抱歉哪。"

"哈哈哈！"

两人的谈话似乎到此为止。慢郎中阿弁早晚会被判处死刑吧。

中庸

中　庸

1

　　这个村子出了陆军和海军大佐各一名。陆军的小野在南方战死，海军的佐田在战争结束后回到村子里，我正是佐田。

　　我之所以当上这个村子的村长，绝非出于我个人的意愿。只是碰巧前任村长病故，又没有其他适当的人选，所以被人推举后顺势接受了下来。根据大家的说法，村长只要到村公所里去坐在村长的位子上就行了。而且在记忆中，我叔父当村长的时候，也是只是在有事的时候才会有村公所里当差的来接他去，要不然的话，他整天都待在家里下棋。我把这样的回忆说给副村长羽生听，告诉他照那样的话，我倒没有什么不能做的。他便回答我说：

　　"诚如您所知，战争结束之后整个社会状况都完全变了样子，就连这样深山里的小村落也如同都市一般，会有些人动不动就来说些似是而非的道理，所以虽然给您添麻烦，但还要请您每天按时来上班。要在村公所里下一整天棋，倒是用不着顾虑任何人。"

"不用了。岂止是下棋，我是个没有任何嗜好的男人，顶多也只有弄弄盆栽和田地之类的乐趣吧。我就是这样的人，所以如果把它当成每天的例行公事的话，那么每天准时去上班不仅不苦，对身体也有好处吧。"

我就以这样轻松的心情接下了这份差事。

这个村子的小学在去年因为一场无明火而被烧光了。万幸的是，刚盖好没多久的中学未被波及得以幸存，因此就以这所中学和寺庙等，用两班制三班制的方式错开时段轮流授课，暂时坚持了一阵子，目前临时搭建的木板教室好不容易也盖好了，接下来就要进入主体建筑的校舍动工兴建的阶段了。然而却凑不到钱，之所以没有人想当村长，也是这个缘故。

但是，因为没有村长事情就不能解决，于是村议员们和羽生来拜访我，说新建校舍的事情和经费的问题，全部都由他们负责处理不会给我添麻烦，请我出任村长一职。因为就算什么事情也不做，我的职称也会自然地发挥作用。事务工作也全都由羽生代我处理，换言之，就好像是个宴会村长那样，普天之下也鲜有这种例子的村长，因此就连我自己都不禁大笑地当上了村长。

虽说从就任以来就知道学校的问题，可是一旦实地接触后，就逐渐了解到，要管理它远比操控一艘军舰还要困难。

战死的陆军小野大佐的女儿，在这所小学里担任老师。她在村子里虽然是个舆论极差的女性，但由于她父亲的缘故，特别是跟我同样身为军人，我就没把她当做外人看待。觉得只要见面聊过，心灵就应该能够相通吧，心里也就暗自期待着见面的日子。

就这样，有一天，她打电话到村公所来。说因为有话想要跟我当面说，请我到学校去走一趟。羽生正好外出中，因为除他之外也没有需要商量的人，正好也是该下班的时候了，我于是决定前往学校一探。

这是个刮着猛烈寒风的冬日黄昏。我在工友的引领下走进教师办公室，见到一位把外套披在肩膀上、在火盆旁张开双腿烤火的女性，那人就是她。瞧见了我，她轻轻地点头致意。

"因为太无聊了，所以才会打电话给你，我在值班。也没什么别的事，烟也抽完了，所以就捡些烟蒂来抽，就连那边国中教师办公室里的火盆，也让我一路转啊转地搬了过来。想找个人敲竹杠也没人在，正想着会不会有冤大头上门时，才忽然想起打个电话给你的。村长大人，您好吗？村公所好玩吗？"

"你抽烟蒂？"

"是啊，用烟斗抽的。"

"哈哈，你平常就把烟斗挂在腰上啊？"

"怎么可能！是从男老师的抽屉里找来的，你身上有烟吗？"

我对她并不反感。果然一如世间评价那般的行为举止不够规矩检点，但她干脆爽快，不也是位挺有趣的女性吗？

我从怀中掏出烟来递给她，她笑意盈盈、芳心大悦：

"果然不出我所料，真是好说话呢。就是因为太会敲竹杠了，除了其他村子的人，已经没有人肯给我烟了。"

"你那么喜欢抽烟吗？"

"说什么傻话啊。除此之外，你想还有什么事情可做啊。"

"那就读书吧。对一个教育者而言，读书是必要的。"

"做个小学老师所需要的，只是力气而已。再者说，以教育者的自觉来说，就是以物易物这回事吧。施与的人就应该要有收获。我虽然没有什么东西可以给你，但是这个村子的东西大概都让人觉得是可以伸手要来的。像香烟这东西，我一点也不觉得是需要掏钱去买的，一切都像是免费的。"

"你都用钱买些什么呢？"

"分明就没有给我足够买东西的钱，还说呢。你看，这就是二十五岁未婚女性的服装，胸前、手臂、裙子上都有补丁；胸前和手臂上的，都是被孩子用刀子割破的。我当然也想要穿尼龙袜子，但是你看，这双袜子简直比残兵败将的袜子还要破烂呢。"

"倒也看不太出来。在这个村子里你还算是一位华丽的女士呢。如果用扎腿式的劳动服来取代裙子的话，就不需要袜子了。要是白点小碎花纹路的和服，就算是开线或是有补丁也都不太显眼的，但是穿那件洋装就活像是蝾螈把肚肠给露了出来似的。"

"真是高明啊。这个村子里的男人，比东京的报纸更善于表达。尤其是在对女人吹毛求疵的时候。整垮女人，好像是村里男人一生的事业似的。"

和小野麻理子的初次会面，就是这副模样。由于值夜班的男老师就快要到学校来了，我便起身告辞，但是那位男老师一看到我，仿佛遇见了不共戴天的仇敌那般逼问着我：

"你是要我们靠这个临时搭建的木板校舍度过这个冬天吧？窗玻璃几乎都碎光了，难道你没看见吗？教室的地板都是泥地。一旦积雪，教室里就会变成一片泥泞的，能让孩子们在这种地方上课吗？"

他打开门向我展示教室的内部。我只能无言以对地默然离去。

我在这个村子里，是老夫老妻两口子相依度日，因此话题自然也很有限。颇丢人现眼地，对临时搭建的木板校舍里并没有铺设地板一事，我毫无所知。连窗玻璃大部分都已经破了的事，我也浑然不知。虽说这样对待长官未免有些过火，但是男老师的质问也不是毫无理由的。我打算第二天跟羽生说说这些心里话，好拟出个妥善的应急对策来。

然而隔天去上班时，羽生已经迫不及待地在等我：

"你昨天去了小学吧。去和那个女老师面对面地做什么呢？给那个堕胎老师烟抽。"

他以出乎我所料的嚣张气势逼问我。我因为无法理解遂回道：

"在这个村子里，村长不可以跟女老师面对面说话吗？"

"你给了那个人香烟吧？一包香烟。"

"因为她正愁没烟可抽，所以才给她的啊。"

"她一天到晚都在愁没烟可抽！那你干脆就一直供应她啊？一个身为村长的人，竟然给那个堕胎老师烟抽。"

"什么叫做堕胎老师？"

"因为是堕过胎的老师嘛。村子里的人都这样称呼她，谁也不喊她名字的。就连孩子们都在背后这样说她呢。为了一包烟很可能就会以身相许，比卖淫还不如的淫荡女子。就因为有那样的人在这个村子里当老师，小学才会是伏魔殿的。"

"伏魔殿？那是宫殿吧。魔王是谁呢？"

"就凭原海军大佐也当不了魔王的。是说连战场也上不了的海军大佐，不管是做什么，也都没什么大不了的。"

再也没有比这样更污蔑我的话了。

的确，我是连战场也上不了的海军大佐。在太平洋上爆发大战的前夕，我被编入预备役。正当在忙乱到人手严重短缺的重要时刻里，被编入预备军中，也许是被清楚明白地看穿了自己的无能吧。如果晋升为少将的预备役的话，也还算值得安慰，但我怅然若失，还因为过于耻辱而曾经考虑过要自杀。

之后，我重新振作起精神，到名为海军水路部的单位，以一名雇员的身份任职，但既然是个雇员，预备大佐的官阶也就派不上用场了。尽管被如同自己孩子的中尉少尉们斥责，我在内心中将此视为修养，一再地隐忍，直到战争结束。身为军人虽然遭逢前所未有的大战，却被解除官职，不被获准参与大战，这是多么值得大肆嘲笑的事啊。是一段对子孙都无法提起的历史，仅能自嘲罢了。

由于羽生信口说出最让我害怕的话来，我怀疑起他的心思。我怀疑就算是仇敌，多少也应该有几分怜悯爱惜才是。他会面对面肆无忌惮地说出这样的话来，一定有非比寻常的理由，但我却完全猜不出半点头绪来。

"我不明白我去小学的事情，有什么道理会让你这样不高兴。是不是你有个奇怪的习惯，认为给妇人香烟的男人是坏人？"

"嗯，是吧。差不多就跟村长被村子里恶名昭著厚颜无耻的泼妇给叫去，专程给她送烟一样奇怪的习惯啦。"

"对了，小学的临时教室里，好像没有铺设地板呢。玻璃也破了一大半了，不能想点办法吗？"

"你竟然胆敢说出这种话来。"

他脸色大变。起先虽然摆出思考的姿态来，但像是下定了什么决心的样子，他从书架上找来好几本文件。

"先请您过目一下这些文件吧。就算是那样简陋的临时校舍，里面也有我的血汗。要是没有我这号人物存在的话，就连那个木造的临时校舍也不可能盖得起来。钱在哪里啊？根本就没有钱，那座临时校舍又是怎么盖出来的呢？"

他就一面这样大声喊叫着,一面继续来回于书架前搬出了更多的文件来。我的桌案上顿时出现了堆积如山的文件堆。

"请您先看一下村子的经费。有多少收入,又有多少支出?接着是小学新建校舍的特别收入,有多少呢?然后看看在临时校舍上花了多少钱。大约还有一半的金额尚未支付。接着是我怎样运用村子的经费。请查一下我的出差费。就任以来的七年里,我连出差费都没有领过。还自己带便当去工作。住在卖解毒药的人所投宿的客栈里,跟许许多多的人士苦苦哀求,才总算能够盖出那样的临时校舍来。对我来说,难道不觉得厚颜无耻,不会感到害羞吗?而你呢,分明没有费过半点苦心,却竟然能够这样地大言不惭。"

"您的意思我完全明白了。我就如您所说的先拜读过这些文件后,再来表达我的意见吧,但是你有点过于激动了。我觉得你好像把我说的每一句话都误解了。我们彼此都要保持冷静,好好商量,齐心协力为村里工作吧?"

我安抚羽生,之后花了大约一个星期的时间,把那些旧文件看了一遍。真是如他所言。这个村子的不景气当然也是个重要因素,但村子本身的财政已经困难到榨干了也挤不出一滴油的地步。即便如此,他那无欲无求的工作态度的确堪称伟大。他在东奔西走时,向来都是自备便当的。

他的愤怒,是源自那些辛劳努力不为人知吧。领悟了这一层,便了解他的愤怒并非毫无来由。我为自己的不明就里而感到不好意思。因此为这样的愚昧无知而向他道歉。

"可是啊，我知道没有预算，但是真的不能想点办法，东拼西凑地帮学校铺设地板吗？"

我再次如此重申之后，他旋即又露出嫌恶的眼色来。

"这样啊，那请您做吧，村长。不用客气，就请做到您满意为止吧，村长。"

到这时候我才知道，只要一被人喊村长，我就会感受到无地自容的屈辱。

"但是话说回来，泥巴地不用担心会发生火灾，反而比较安心。倒不如在教室里铺设地板，把值班室和教师办公室做成泥巴地，这样会比较好些。在泥巴地上铺稻草给值夜班的人睡，最适合他们那些家伙了。"羽生又叹道。

2

除了羽生之外，小野麻理子还有为数众多的敌人。而且，撇开羽生不算，每一个都有之所以会成为敌人的清楚明确的理由。基本上那都是些令人捧腹的理由。

例如根作有一匹马。不论对任何事情他都喜欢夸耀自豪，是个老爱看轻别人的男人。特别是对马，似乎有些非比寻常，常说自己的马是日本第一。于是他的孩子也把根作的骄傲现学现卖地写在作文里。写些"我家的马听得懂人话会回答"、"像楠正成那样尽忠竭义"之类的作文。麻理子于是在那后面写上这样一行评语：

"下次请建议你父亲去买一匹日本第一的鹿。"

大约过了十天,根作才跑到学校去抗议,看样子在这之前,他一直都没有察觉到吧。他手搭着马嘴骑上了马。

"你说我是日本第一的马鹿①,还是说这匹马是日本第一的马鹿呢?不管怎样……"

从大清早到黄昏,就这样跟马一起唠叨个没完。学校也因此一整天都无法上课,从此便结下了不共戴天之仇。无论针对任何事情,根作毫不掩饰他与麻理子为敌之事。

另外,茂七曾经因为赌博而被逮捕。算是这个村子的恶习,把赌博当做日常娱乐的人并不在少数。并不是有什么赌徒头子存在,也没有靠着当赌徒来谋生计的人,但农民们在夜里的消遣就是赌博。每年,在令人无法容忍时,总有某个人会被逮捕。那一年茂七被逮了。

于是,在那一年的小学学艺表演会里,演出了一出赌博正赌到一半,就被人闯进来逮个正着的戏剧。可是,演出被逮捕角色的,是茂七家的小鬼头。尽管他又是哭又是再三恳求也没用,双手还是被反绑在身后,没完没了大声号啕着被押解而去。

不用说茂七当然会光火,大多数的村民也火大了,因为他们都是赌博的惯犯。

然而,照担任指导的老师麻理子所说,这出戏是由孩子

---

① 日文里骂人傻瓜的词汇。

们自己主动创作演出的，因此就连角色也是由孩子们彼此自行决定的。一追问茂七的小孩，他不仅点头肯定这个说法，就连他说我应该要扮演我父亲的角色，精神抖擞地接下这个角色的事情经过，也逐渐明朗化。由于结果是这样出乎意料地自己找难堪，茂七以及同伙们对麻理子的怨恨，愈来愈盘根错节地扎下深不可解的结。

以上所说的虽然只不过是其中一些例子，但就像这样，麻理子有许多敌人。凑巧村子里决定要设置消防用水，而因为那是应当设在民宅密集地段的设施，村民们不谋而合地决定应该将麻理子的家拆除来安装设备。由于已故的小野大佐分家，因此在这个村子里并没有自己的房子。遗族在战争中是租借了一间小农舍，过着疏散的生活。

在我就任村长之后，规定的期限到了，必须要执行将小野遗族强制迁离的工作。遗族除了麻理子之外，虽然只有母亲与弟弟等共三人，但她弟弟因为骨疡，一直卧病在床。

由于是在不可能会有多余房舍的山村里，遗族找不到搬迁的地点。就在那时，学校的同事们看不过去，决定让出值班室来收容麻理子一家，没跟村公所和村议会商量，竟然就这样让他们搬迁进驻了。

为此在村公所的楼上召开紧急村议会，热烈研究对策。村议会的意见是，学校方面的处置是对村子的公然敌对行为。我于是站起来说话：

"学校方面擅自执行了这样的处置，虽然有不妥之处，但眼见同事一家无处可住，商量把学校的值班室提供出来，是唯一的办法，以办法本身而言没有值得非议之处。依我个人的愚见，他们的处置行动乍看之下，之所以会如同敌对行为那般令人愤怒，说起来是因为要设置消防用水，小野遗族的住宅被选为牺牲品的做法，以及没有帮他们准备搬迁地点，让他们深切感受到遭逢敌意的痛楚等原因所造成的。总而言之，村里的处置方式，应该有值得反省之处才是。"

刚阐述完这段话，随即有人高声斥喝道：

"你说的那是什么话！"

是马跟鹿的根作。他是村议会的议员，他说道：

"没有就是没有，有什么办法。还是说村长能够变魔术，弄出一间空屋子来吗？"

山村里的人们，有用奇怪的比喻来进行议论的天分。

"学校的值班室原本就是公物。不忍心看到同事处于困境可以，但要是那样，他们为什么不开放他们自己的住宅来收容小野一家呢？把属于村子的公物拿来私用，是件奇怪的渎职事件。"根作这般虚张声势地断言道。

从我就任村长以来便特别强烈感受到的一件事，正是农民出人意料地善于辩论。发表些浅薄的常识论调，遭到意外地强烈反击之事，无休无止地一再发生。我的坏毛病是心直口快又缺乏理论证据。我遭到根作的反击之后，也只能沉默不语。

"村长没用！"

"不要干预村里的政务！"

"你忘记约定了吗！"

被众口如此辱骂，我索性退席了。因为是以一位无所事事的无能村长自居，一旦遭到反击就该毫不坚持地乖乖退下，我多少还有这点觉悟。可是在我退席之后，好像做出了诡异的决议来。

接下来的那个星期日，木工突击小学，把办公室与值班室里地板下的横木给拆走了。这些原被充当成材料的一部分，在教室里铺设了地板；相应地，办公室和值班室都变成泥巴地了。

接到通报之后我也赶往学校，但就连身为村长的我，也被村议会议员以及其手下的村民们挡驾，无法踏进工地现场一步。部分村民穿戴着消防的装扮，宛如下定了决心，准备毫不留情地歼灭踏进禁区的人似的。

"下达了戒严令哪！"

我这一感叹，羽生便头冒青筋地骂我：

"太不谨言慎行了！说话请小心点，真难以相信你原本是个军人！"

由于前几天羽生曾经对我说过跟今天发生的事件类似的事情，言犹在耳，因此我猜想今天这个行动带头的人就是他吧。我于是对着羽生说：

"您在前些天，才刚刚向我提示了几年来的决算文件，强调说就算是榨干了也挤不出一块地板来，但看来那只是一时的谎言喽。今日之举极端不合理，难道不是吗？"

"哈哈哈。今天的事情，可没有用掉村里公费半毛钱哟。这些只不过是个开头罢了。连根作都说，如果是为了要把那个泼妇和她的同伙赶出村子去，就算把他最引以为傲的马给卖了也无所谓呢。"

"鹿上头少了马，这样妥当吗？"

"太放肆了！"

羽生虽然又头冒青筋，但是围绕在我们身边的村民们，却都哈哈大笑。之后，谣言的传播速度的确是快得惊人，"今天的木工费用，好像是由根作卖掉引以为傲的马来支付的。"这样的传闻就从围绕在学校看热闹的人们，口耳相传。听到了这样的传闻，根作脸色大变地冲了过来。

"村长在吗？在哪里？"

羽生迫不及待地上前迎接他，说道：

"村长真的是太不谨言慎行了。他竟然说你要是把马给卖了的话，鹿上头少了马，这样妥当吗？"

"不。我虽然是为这件事情来的，但是说今天的费用是由我卖了马去筹措来的，究竟村长有什么根据，可以说出这样白痴的话来啊。我几时说过那样的话啊。村长就那么恨我的马吗？那么想要把我的马给卖掉吗？"

羽生打错如意算盘，显得十分狼狈。

"不，马的话题说的不是今天的重点。今天的费用要我自掏腰包都行。那件事又是题外话了，来，请到这边来。"

羽生拉着根作的手，赶紧把他带到四下无人的地方去。

我寻找着麻理子的踪影。已故大佐和我因为有着陆海军的差别，只是偶尔在同乡会等场合见过面，并没有深交。但是，故人的遗族遭逢到今日这般的灾难，同样身为军人的我是不能够坐视不理的。我思忖着他们若是无处可以安身，那么腾出我家的一个房间来也是可以的。

　　麻理子好像不高兴成为众人好奇的目标，或是不愿意被人同情，所以离开学校，销声匿迹。

　　她躲在山边的禅寺里避难。我前往探访，最先碰上的就是前几天的那位男老师，他以极度憎恨的眼神瞪着我。他是寄宿在禅寺里的房客。

　　"小学老师是狗吗？听说以后要在泥土地上处理事务，在泥土地上铺稻草值班了。你去看过监狱吗？人类住的地方，就算是牢房好歹也都有地板哪。你的表情很奇怪，我说的话听起来很怪异吗？"

　　对他为自己并非犬类而抗议之事，我能够认同，但他那股气势却让我无法苟同。那的确是有点近似狗的行径。就跟戒严令下的消防队员以及村议会议员一样，只会让我觉得是只龇牙咧嘴的狗。

　　我不想要对狗回话，便去寻找麻理子。听说麻理子避开人群，爬到后山去了。后山是一块墓地。

　　麻理子坐在一块墓碑上，瞪大了眼睛，双手交抱于胸前。因为她一直瞪着逐步走近的我，我也苦笑道：

　　"我今天不管走到哪里，都一直被人瞪着看。"

"我则是又没烟可抽了。"

笑也不笑一下的脸,转移了瞪人的视线后叹道。

"如您所知,我是个无能的村长,所以没有办法靠村长之力为你做任何事。幸好我们夫妻俩住在一间有点嫌大的房子里,因此房间随便你住也没有关系。"

麻理子虽然抽着我递过去的烟,却说:

"我看起来真的有那么伤脑筋的样子吗?"

"在我看来好像是很伤脑筋啦。"

"你最好不要打肿脸充胖子。但是,就连更伤脑筋的事情,十次二十次的都没人过问呢。不过我都能好好活到现在了。像今天,我只是这样发呆,就会有人过来,帮我处理一切,也有人给我烟抽,还算是没什么呢。"

"我这可不是打肿脸充胖子。"

"好像也不是那样呢。我啊,反倒是很感谢羽生助理。因为他教我钻进泥巴地上的稻草堆里睡觉。棉被和榻榻米之类的,是可以折叠起来放进壁橱里收起来,或是可以清扫,只是方便而已。我昨天是睡在榻榻米上的棉被里,还是睡在泥巴地上的稻草堆里,又有谁会知道呢。就算不是我而是国王的话,也是一样。国王拉了棉被来盖着睡觉,只露出屁股来蹲在厕所里,那多奇怪啊。在泥土与稻草之间睡醒爬出来,这样才更像个国王呢。"

"我记得我也曾经自暴自弃过,但结果热水只会烫伤自己,既不能喝也不能拿来洗澡。为了生存,只有温水。当做是无为无能的话，就可以在榻榻米上做平凡的梦。"

"叔叔，您的孩子呢？"

"嫁人了啦。还有个已经死了的男孩。"

"上一次，是什么时候开口喊的呢？叔叔这个称谓。是想要撒娇了吗？想要有骗人的力气。"

"到我家里来休养吧。"

"不行的。"

"为什么呢？"

"因为一定要在泥土和稻草堆中醒来才行。偶尔，会去找你要点香烟的。我在稻草堆里做的梦，也说给你听吧。请帮我向婶婶问好。"

麻理子伸直了脊背，扬长而去。

我从墓地循着山径小路走回家去。一路上我后悔着，不管再怎么勉强，都应该要把麻理子跟她的家人带回我家去才对的，不是吗？我的家人听完我的叙述之后，说：

"为什么您没有邀请他们过来呢？让我去带他们过来吧。"说着就要站起身来。

这时，我的心意改变了。"就随她去吧。真是可悲啊，对那个女孩要付诸行动的事情，我们并没有强行制止她的资格。"

"这样的事情根本不需要有什么资格。"

"正是。我生为农民之子，半生为军人，却不知道要选择立志窝在稻草堆里睡觉，这样一个需要勇气的决断。要对那个女孩提出忠告，我认为我是承担不起的。"我居然在不知不觉中泪流满面。我的一生，就这么糊里糊涂地过了，再也无法挽回了。

　　我身为男子，也是一名军人，在如同麻理子那般挺身处理事务的态度这一方面，我似乎是完全付之阙如。今天，我这老残之躯有些多余碍事，也不是没有来由的。我在过去要是能有麻理子的一点气魄的话，我想应该还有点挽救的余地吧。

3

　　麻理子与她的家人回到泥巴地的值班室居住。唯独身为病人的弟弟，是在手搭的床铺上铺着垫被睡觉，据说麻理子和她母亲则睡在壁橱里，但也有人说是在泥巴地上铺上稻草钻进去睡的，众说纷纭。

　　羽生和根作等人，因为这样出人意表的结果而大为吃惊。再次召开了紧急村议会，精心研拟对策，而我却特别发表了下述的言论：

　　"我把村里的政务全都委托给各位，以一位无为无能的村长自居，因此并不抱有太高的期望，但无论如何我身为村长的事实是没有改变的，所以我希望各位的决议，基本上都应该原原本本地向我报告，征求一下村长的意见。就如同这一次的事件这样，或许在事前就能够预防。我虽然是个新手也缺乏能力，但是我认为唯独一件事，我在尊崇中庸这方面不落人后，应该可以算是优点吧。政治这玩意儿需要技巧需要策略，虽然就有如临机应变那样，是极端复杂困难之事，但另一方面却也如同只要不失中庸之道便不会有重大过失一般。就这个意义而言，能否承认无为无能的村长我，多少也有点存在的理由，便全看你怎么想。然而未曾征求村长的意见，就径自执行村议会的决议，让我连发挥些许长处的余地都没有，也无颜去面对村民。我想要特别敦促各位注意，往后不要再发生这样的事情。"

我话一说完根作便站起来说道：

"我也想提醒村长一句话，你老是说自己是个无能的村长，心满意足地以那样自居，我们可头痛了。正如您所知，本村的财政虽然预算困难，但是说什么预算要是不足的话，就把根作的马给卖了来填补不足之类的，岂止是无能，那是独裁，是暴君！把无能当卖点，遇到难题就躲避的行为是很卑鄙的，怎样？你也差不多该有点意愿，说句老子要来做做看了吧？应该说不足的预算就由老子我来想办法，下定决心自掏腰包来做才对的，你是不是差不多也该有这样的念头了呢？只要是投身于工作中的话，凡人都会自然而然地兴起这样的念头，而军人当了村长，却没办法自掏腰包吗？"

"对啊，对啊。你自己去掏腰包凑钱来吧！"

喧哗之声哄然而起。其中，有人发出要我为军人的过错赎罪的声音来。也有人高喊着，你以为自己是王公大人哪。每一句都宛如刀绞般刺痛我的肺腑。再次轻率发言，让自己落个饱受责难的下场。

我的老家并不富裕。就连留给我的田地，也只不过是让外行人来耕作都还游刃有余的规模。幸好我在担任军人的时候，为年老的双亲新建了房子，这如今帮了自己的大忙，但是除此之外，并无任何称得上是积蓄的东西。这么一想，好像是靠着担任村长的薪水，我才终于能在战后获取最初的营养。我茫然伫立不动，只是等候所有的人都安静下来，然后说道：

"诸君所言中有刺痛吾辈肺腑之言。诸君的斥责，的确所言甚是。我在此深深地致上歉意。个人若是有积蓄的话，也会自掏腰包的。或者要是有政治家的才能的话，也会为了筹措经费而四处奔走的。由于明知不具备其中任何一个条件，辱没了村长的地位，全都是由于个人的无知无能所致。我在此深深地致歉，恳请准予辞去职务。"

这虽是发自我心底的肺腑之言，但对所有人来说，似乎颇为意外。安静得有点诡异，并且再也没有任何人发言了。这时候站起身来的人，是羽生。出乎意料的是，羽生眼神愤怒地瞪着所有人：

"议员诸君所言，对村长是天大的不敬。说起来，当初要推荐佐田海军大佐担任村长时，各位与大佐是怎么约定的呢？不是约定好了，关于经费问题以及其他杂务，一概都不给大佐添麻烦的吗？大佐原本就是位清白廉洁、自律甚严，在军人之中也堪称为模范的耿直不阿的将军。跟全是些满心私利私欲、利己主义的本村的人们可是大不相同的呢。如果是太平盛世，在座各位，就连要靠近他身边都是不可能的。

即使是死后，也不是可以平起平坐的身份啊。你们都是些落入畜生道的家伙，是地狱之鬼会来迎接的家伙啦！"

羽生的气势真是吓死人。连我也不自由主地觉得胸口被浇了一盆冷水。

因为发生了这样的事情，当天的紧急村议会变得一团混乱，我辞去村长一职之事，也就这样不了了之了。

隔天我正犹豫着该不该去上班时，羽生特地前来迎接我了。他说如果我不去村公所，不大摇大摆坐上村长的位子的话，事情就无法收拾，便拉着我的手硬把我拖走。

"对他们来说，天底下再也没有比自己的损失更大的事情了。就算只是一文钱，从来也不知道该为社会、为了他人而付出的。"

羽生的愤怒还没有结束。

他会有这样的心境变化，是有来由的。由于他是此次恶搞行为的带头人，结果这恶搞行为却没有照预料的奏效，以致伙伴之间的责难全都集中在他一人身上。

特别是这一回的恶搞花去了相当多的费用。因为那是属于本村预算外的费用，是由伙伴们彼此商议好要共同分摊的。然而由于并未一如预期地发挥作用，首先金钱方面的怨恨就来了。原因虽然是他们对羽生的怒气强烈至极，但主要是来自于他们一心一意地想要免除分摊费用之故。根据村子里的传闻，最后变成由羽生全额负担。

想来羽生也是个不可思议的人物。或许该说是悲剧性的人物。虽说是为了这个村子，自己自备便当地东奔西走，但获得的回报极少，就连他的意见也不受到尊重。偶尔有人对他的意见表示敬意的时候，似乎也仅限于狡猾的村人们想要把费用全推给他一个人负担的情况下。

因为他看来也不像是个富有的人，姑且不提他自备便当之事，像这一回的开销要怎样支付呢？虽然事不关己，却连我也担心到头痛不已。然而他对他自己的损失与心痛，却是绝口不提。像任何人一样，把降临在身上的苦难都深藏心底默默忍受着，是他的本愿，并且坚决地如此下定决心。相反地，面对带给他苦难的人物，则是竭尽胡乱猜疑之能事，以恶言相向。

"到了现在我才敢对您说，小学的那把无明火，是有人故意放的。"

他在领着我往村公所走的路上，很突兀地冒出这样一句话来。

"你在现场亲眼目睹到那个犯人放火吗？"

"我虽然没看到，但根据各种状况判断，毫无疑问他就是犯人，犯人就是根作。"

这一定是刚刚提到的，因为过度憎恨而抓狂的瞎疑猜。他看我好像没有竖起耳朵来注意听的样子，稍微有些面带愠色地开始说明：

"我想您还记得，去年，以小学的无明火事件为首，总共连续发生三起火灾。每一件都是由于用火不慎所引起的火灾，但是在这个村子里一连发生三起火灾，这可是前所未有的异常事件。当时身为本村消防队长的人是根作，他因而率领大家，办了一个防火周的活动。这个村子虽然连在战争中都没有做过防空演习，但像这样火神肆虐的情况，如果不实际操演一番的话，遇到万一的时候就完全不管用了，所以就跟战时的东京一样做水桶传递，全体村民总动员持续了一个星期。你好像也被要求参加水桶传递，当然大部分的村民虽然心不甘情不愿，也只好参加。不过，有一大半的小学老师，却一整天都没有露面。根据他们的说辞，水桶传递这种事，仅限于空袭等场合，唯有在大家都摆好阵势等火灾来时或许能发挥作用，但是平常的火灾，是不可能会有为了防备火灾而集结足以接力递水的人群的。简单地说，如果小学在深夜里发生火灾的话，由于那附近连一间民宅也没有，要传递水桶根本是办不到的事情。等聚集到那么多人的时候，消防队应该都已经到了，如果消防队还没到达，有必要以传递水桶来灭火的话，那样的消防队才更应该举行大型训练，必须好好地洗心革面重振精神才行。小学里有负责值班的人，随时都很注意要小心用火，所以根本没有必要到了现在还去参加什么水桶传递，不管根作怎么跟他们恳谈，都不肯来协助参与防火周的活动。大部分的村民也都是迫不得已被赶着去参加水桶传递的，因此主张学校老师说的才是道理，导致根作的评价不佳。根作对这件事情怀恨在心。他和小学的校长，曾经这样交谈过：

"——如果小学发生火警的话，值班的人一定会灭火吗？"

"——值班的人不是消防队员，所以没有办法灭火，但是会很仔细地巡逻以避免发生火灾，因此不用担心学校会发生火灾。

"我当时也一同在场，根作被这么一说便无话可回，恨得牙痒痒地咬着嘴唇。因为太懊恼了，他才会去小学放火的。"

"有人看到他放火吗？"

"并没有任何人看到，但一定就是他放的火。那天晚上值班教师从值班室里溜出去，在达摩客栈喝得醉醺醺的。当时坐在邻座上喝酒的人，是根作。根作知道值班老师烂醉如泥地回学校去了，便也离开达摩客栈。值班老师忘了该去校园巡逻，沉沉熟睡过去，大约三小时后，猛一睁开眼睛，发现校园内已经是一片火海了。他虽然是怠忽职守没有去巡逻，但是很显然的，火势从理论上不可能会从有人用火的校舍那边冒出来。这把无明火至今依然被视为原因不明，不过这是根作放的火，却是个不争的事实。"

"再怎么说也不可能会是消防队长放的火，听说他是个格外热心的队长吧。"

"热心得过头了。背叛战争的人是军人哦。我也多少吃了一些军队的大锅饭，对军人骄傲自大、嫉妒心又比别人强一倍的事情，我是永志难忘的。那些家伙最期望的，并非国家之事，而是自己的成功与他人的失败。不过，这也并不仅限于军人，在所有各界里最大的背叛，都是由那个领域里的人所为的。不管什么事情，当然都是这样。"

我反倒觉得他自己比较像是那样的纵火犯，但是他的言行举止与说话，实在非常通情达理又稳重，看不出有什么不对劲的地方。

然而在接下来的那个星期日，又再次闹出事情来了。羽生单枪匹马地闯入学校，去拆除教室里的地板。

我接到通报到了学校一看，这一回见不到有任何如同下达戒严令般的场面。孩子们好像什么也不知道似的，在校园里玩耍，羽生则独自在教室中，埋首于拆除地板的工作。

"您真是干劲十足啊。"

我一边笑着说，一边走近他。

"是在整修学校吗？"

"什……么？这是我的东西，所以要趁还没被伤到之前拿回去。"

"你是会做出这种事情的人吗？"

"对啊。把自己的东西拿回来，很奇怪吗？"

"你不是个自备便当、为了本村而奉献自己的人吗？特别还是个为了重建学校而不为人知孤军奋斗的人。为了重建学校，应当已经投注了相当的私人财产，难道不是吗？却偏偏唯独这个地板你要拿回去，那不是太莫名其妙了吗？"

"我当然是自备便当去工作的。但是，人并不见得永远都会做同样的事情。那种哄小孩似的说法，可就太失礼了。或者您的意思是说，既然我向来都是自备便当去工作的，所以要我把全数财产都给学校吗？不要只会用那种自命不凡的口气说话，那换你来做啊。我已经受够了。你站在那里很碍事，麻烦请你走开吧。"

我迫不得已只好离开那里。不经意地探头看了一眼值班室，麻理子和她母亲似乎都正好外出，不见人影，却能看见骨疡病人躺在简陋的床上，铺着垫被在睡觉。虽说是床铺，也只不过是在泥巴地上横放了几根棍子，再把木板铺在上面而已，距离泥巴地面也仅只是两三英寸高罢了。倘若不应该称之为床铺，便像是把横死于路旁的人安置在附近的小屋中那样的东西。只要一想象他的母亲与姐姐，就在这周围铺了稻草蜷缩其中的模样，简直比难民更悲惨。只要一思及，这就是大佐的遗族吗？我便心如刀割。

我回到羽生身边：

"在您百忙当中还来打扰，真是抱歉，有一件事情想要跟您商量一下。我想要以我个人的财产帮值班室铺上地板，能请您以适当的价格，将地板让售给我吗？"

"我也想要收回一点本钱，所以价格不能特别算你便宜，不过你如果觉得可以的话，我当然可以让给你。"

虽然是相当昂贵的价格，但我还是请他分给我足够铺设值班室之数量的木板。由于羽生已经结束作业，开始将木板堆上车去，我便向他借来木匠的工具，开始动手在值班室里铺地板。就在这时候，麻理子回来了。

麻理子连听到我打招呼也没回应，只是站着看我工作，但脸色逐渐苍白了起来。

"请住手吧，也没事先跟我说一声。"

麻理子冲上来揪住我，把木匠工具给抢走了。我一直满脑子地以为会得到麻理子的感谢，因而顿时变得不知所措。

"由于自以为交情够不用客套而擅自动工，真是抱歉。因为我决心要在日落之前把地板铺好。"

"是谁拜托你的？"

"并没有谁拜托我，我只是以为你会跟拿到香烟时一样，会很欣然接受的。"

"你说跟香烟一样！跟香烟的什么一样。"

麻理子的冲天怒气实在是太惊人了，我无言以对。麻理子在泥土地上一边绕着圈圈走来走去，一边说道。

"榻榻米那种东西，我们早就已经都扔掉了，我恨死了。如果要眷恋榻榻米的话，就没办法忍辱偷生了。如果让病人睡在榻榻米上，那还不如心一横把他绞死让他安息算了。在我的肚子里，有个满身耻辱的孩子。之前虽然把孩子给打掉了，不过我再也不堕胎了。我要大摇大摆地把没有父亲的孩子生下来，就是要把他生在泥土与稻草之间。"

一时之间麻理子的脸颊骤然凹陷，眼睛也塌陷，眼神凶恶。我只好轻手轻脚地悄悄离去。

羽生藏身于校舍的阴影里偷听着。见到我离去，他也拉着车子跟在我身后。

羽生小声地对我耳语道：

"女人就是那个样子啦。只要剥下一层外皮，任何女人都是那个样子的。"

我不禁火冒三丈地大声吼叫：

"闭嘴！狼心狗肺的人。大概就是你吧，在这个学校里放火的人，你就是这个村子里所有不幸的罪魁祸首。"

"你的意思是说，是我纵火的吗？"

"为了要以他人的不幸为自己的快乐，而提议要把地板给拆掉的人，难道不是你吗？除了你之外，还有哪个家伙会放火烧了村子里的学校？"

"这可有趣了。"

他离开车子，右手拿着铁锤朝我走过来。

"我，自认诚心诚意地为村子鞠躬尽瘁。把个人财产都捐了出来，让自己两袖清风地为村子尽心竭力。而且我从来也不曾追求过个人的名誉。就连当村长的念头也从来没有过。这样位居人下默默地为村子竭尽心力，是我的骄傲。我所追求的报酬，只是些许的满足，不为人知的满足，然而你给我的报酬，却是无凭无据地指称我是纵火犯。真是有趣!我对你是多么信任啊，总而言之，你真是个有趣的人。居然血口喷人说我是纵火犯！"

突然间他猛扑过来。我全身上下遭受乱打一阵的袭击，最后由于眉间遭到的一击而倒卧在地。

幸好我的伤势轻微，但舆论对我的评价似乎并不佳。我被说成是个连在小学里铺设地板的办法都拿不出来的无能村长。被人议论我到头来居然还发了狂说副村长是纵火犯，以至于脑袋瓜子都被敲破了。整个村子都在以我的传闻为笑柄取乐。

我的无能，我的发狂，这二者大概都是正确的吧。如果回顾我笨拙的生涯，也许应该可以说是有始有终吧。我预先在我的墓志铭上如此记载着：

败于中庸。

沙丘幻影

砂丘の幻

　　那年冬天的每个星期五夜里，五平都要到大炮老师的家里去学代数。这是因为，新任的大炮老师发现有学生完全不懂得代数，在惊愕之余说道：

　　"你们这些小子，只会坐在教室里，什么都没学会吗？真是没办法。我来给你们进行特别教学好了，星期五晚上到我家集合。只要缺席就会留级哦。"

　　就这样有七八名笨学生被点名了，五平也是其中之一。

　　"这样啊。那么只要每个星期五晚上都去大炮家的话，就不会留级啦，真是太好了！"

　　被点名的家伙们，个个精神振奋。这里是雪国，虽然说海岸沿线雪比较少，但是风雪之夜、无声无息的积雪之夜、遍地泥泞之夜等，大多是状况恶劣的夜晚。可被点名的这一群人，全然没把风雪、泥泞当成一回事，风雨无阻。只有一个人——五平没有持之以恒。

　　五平一开始的时候，也很期待夜晚的聚会，快乐地补课。但是去了四五回之后，逐渐懂得了原本完全一窍不通的代数，这才发现，原来代数也挺有趣的。也为自己开启了新境界，觉得拼命用功读书的秀才心境，也不再是那样完全无法理解的，这也全是拜大炮老师所赐。

　　因此五平喜欢大炮老师。这位老师是退役的海军大尉——或许是中佐之类的，是日俄战争的勇士。原本就不是为了要教人才去学数学的，所以教学方法笨拙到无人可比，学生们像是约好了似的，全都茫然地跟鲫鱼一样张大了嘴巴，凝视着老师的脸。老师也因此急得发脾气，索性停止上课，开始讲起日俄战争的战史来了。

　　只是一讲到这个战史，就砰砰地、胡乱地掺杂一堆大炮飞来飞去，大概是老师的亲身经历吧。即使是像日俄战争这样旧时代的战争，在地面战方面，应该有各式各样复杂的勇敢立功的故事吧。但是，对海军来说，大炮不就是全部了吗？所以，这个老师的战争故事，自始至终都只有大炮漫天飞舞的声音也是理所当然的，换言之是相当实际的经验谈。老师为了要传达出那个大炮的真实感，会费尽心思的"砰！轰！"

　　想要分毫不差地发出跟实际的炮声一样的声音来。结果是，战争故事本身的情节很单纯，但是模仿大炮的声音反而极尽复杂多变，老师的热情也自然地灌注于此。

　　一般说来，老师如果提早结束数学、英文这一类有点难的课程，说自己擅长的一席话给学生听的话，中学的学生们会大声拍手叫好的，但是如果大炮老师开始说他擅长的战争故事，学生也不会轻易地面露喜悦之容。比起莫名其妙的代数也算是好了许多啦，总觉得只是引起了一点点像这样有点沉闷、被压垮般的嘈杂声而已。简单地说，老师的一席话，是太过于写实的实话实说。老师之所以会落入被取"大炮"这种绰号的下场，就是这个缘故。

然而大炮老师的奋战记，五平也只听过一次或两次而已。也就是说，他大部分的时候都逃课了。逃课不去上学，是他的天性。

虽然说托星期五聚会之福，多少也渐渐懂得代数了，但是走在下雪或是泥泞的夜路上，那种讨厌的感觉远比学问的喜悦还要强烈许多。他的家在叫做西大镏的地方，老师的家则位于关屋还要再过去的地方，这段路程相当远。很奇怪的偶然，七八个人之中，除了他以外的人，简直就像是只把他一个人排挤掉似的，通通都住在关屋一带。只有五平必须要一个人无精打采地走过大半段下雪、泥泞的夜路。他心里想着，如果要吃这种苦头的话，那还不如留级好些呢。

既然星期五的聚会都缺席了，那么大炮老师在学校里上的那几堂课也就不可以出席了。更加决心要留级了，他毫无牵挂地、尽情地逃课逃个够。

在第三学期考试快要逼近的某一天，一个跟五平一样是星期五班，叫做熊本甚作的年纪较大的少年叫住了他。

"下课后，跟我一起到我家去吧。"

"有什么事啊。"

"你，会下将棋吗？"

"会啊。"

"那么，我们就来下下棋吧。"

"我才不要呢。"

"哈哈。你啊，还真是不懂得人情世故哇。大炮回家的时候会经过我家门前。我们可以一边下将棋，一边等他回家。之后，再由我带着你到大炮那边去道歉。是免除留级的咒语啦，没有人高兴被留级的，万事都包在我身上。"

这个少年，年纪相当大。虽然终于能够从高等科二年级进入中学就读，但是一年级的时候留级一次，紧接着休学一年，第三年有始有终地完成一年级的学业，目前和五平一样是二年级的第三学期。换句话说，高等科两年、留级和休学两年，让他共计晚了四年。现在这第一次的二年级生，也跟五平一样面临了升级留级状况不明的紧要关头，虽说是中学二年级学生，对留级却已经是个尝遍酸甜苦辣滋味的行家了。

五平和他只是偶尔在星期五的聚会中说过话，在那之前并不曾有过亲密的往来。

原来这个熊本甚作，跟班上的任何一个人都没有亲密的往来。年龄都差了四岁，也许是因为觉得其他人无聊可笑，而没有想要交朋友的意愿吧，但是在他以前的同学里，也没有亲密的朋友。也就是说，他在学校里连一个朋友也没有。

书读不好,却既没有热衷于运动,也不逃课。下课后不耽搁时间,马上就回家去。似乎没有什么值得非议之处。

然而他在第二次念一年级的暑假里,把头发理成平头去旅行回来。这件事情被老师知道了,在第二学期开始的时候,他被班上的老师叫到讲台前,痛斥了一顿。闻言后他以相当吃惊的样子说:

"啊,怎么可能?就如同您所看到的,我的头是个大光头。"

"是因为新学期要开始了,你才去剃掉的吧。你的头发是刚刚剃的就是证据。"

"不,绝无此事。为了对新学期表示敬意,让自己焕然一新,的确昨天去剃了头发,但是理平头的事情,我毫无所知。"

"不准你再犯了。"

"啊,怎么可能?这种事情我连一次都不曾做过。"

"好了,回座位去。"

他紧绷着表情,一脸严肃地回到自己的座位上。简直就像个军人似的。那一堂课结束,老师离开教室时,坐在他隔壁的少年问他说:

"你其实理了平头吧?"

他再次绷紧了那张严肃的脸,突然站起身来,环视了教室一圈后开口说道:

"各位,以一个中学生的身份去理平头,岂有此理。若有这般轻率鲁莽的学生,敝人我将会代替老师予以训诫。以后要多注意。完毕。"

他抬头挺胸地走到教室外面去。从那次之后，五平对熊本甚作怀有畏惧之心，因为觉得他是另外一种人类。

那个熊本甚作说什么相逢自是有缘，要帮他念防止留级的咒语，五平因此不知不觉中，有种打从内心里深深体会到这份亲切的感觉。

"那么，就麻烦你帮我念咒语吧。"

"好的，好的。"

于是下课后，熊本甚作带着五平到他家去，在能够清楚看到外面的房间里，先下起将棋。他将棋功力极高。因为程度相差悬殊根本不是对手，他三两下摆好棋子，教了五平几种连续将军的棋谱。

一如所料，在确认了大炮老师经过外面回家去的身影之后，他带着五平去登门造访。静悄悄地走到老师面前问安：

"这位少年由于相当胆小，只不过有一次碰巧因为某种缘故而缺席星期五的聚会，之后便因此感到内疚，再也无法出席星期五的聚会。也因此之故，就连老师在学校上的课，他也没有勇气去听，正因为有这层层原因，他为此忧虑到连夜里也无法入睡。"

他替五平说尽了各种好话，帮他说情。大炮老师是个胸襟开阔的人，因此马上就原谅了五平。

这么一来，熊本甚作像是忽然想起了什么的样子。

"不论是这位五平君，或者是我，都是天生与学问无缘的石头，在所有的科目上，成绩都很糟糕而感到困扰。五平君在体操以及其他方面尚有可观之处，而我则连体操也学不好。如果在老师的代数这一科，不能拿到好一点的分数的话，就会再一次留级，这一次非得去当土木工人不可了。幸好信浓川发电所那边，我知道需要土木工人，但是，总觉得自己还没有做好心理准备要……"

拐弯抹角地暗示老师要尽量多给自己一点分数。什么跟什么嘛，原来不是为了来帮我念咒语，而是为了要来暗示老师，才拿我当道具用的，不是吗？五平有种很扫兴的感觉。

但是熊本甚作在向老师告辞离去之后，用一副相当内行的表情，春风满面地笑着给他一个教训。

"这啊，就叫做待人处世。"

然而一番苦心却付诸流水，考试的结果，甚作和五平都被留级了。可是以五平的情况来说，大炮老师已经比及格的最低分数还多给了五分。因为甚作一直沉默不语，所以他究竟拿到几分，便不得而知了。

自从一起留级之后，甚作和五平成了好朋友。对五平来说还算不上好朋友的程度，但是对甚作而言，五平则是他唯一的朋友。

教五平抽烟的人也是甚作。那是个十分晴朗的上午，甚作叫住了正打算逃出学校去的五平。

"你呀，别老是逃课。今天我也来稍微陪你一下吧。天气实在太好的缘故，害得我头痛。"

两人串通好了一起逃出学校,一边借着沙丘的茱萸树丛和松树林遮蔽身影,一边朝着灯塔的方向走过去。

"你吃过红色的寿司吗?"

"不知道,什么红色寿司?"

"上面放红色生鱼片的寿司啦。算了,你跟我来吧。"

当时,在新潟的城镇里,并不知道有红肉的鱼这种东西。在这片海域里捕到的鱼,主要是鲷鱼、鲈鱼、比目鱼等,通通都是白肉的鱼。不论生鱼片或是寿司,都仅限于白色鱼肉,不管任何一个城镇里的人们,自古以来便是如此。还听说有人去了东京,吃到红色软绵绵的鱼,觉得很恶心。金比罗宫那边来了一个让人吃红色寿司的路边摊,从那时候才开始有鲔鱼寿司进到这个镇里来,但在当时的评价似乎不怎么好。

从中学的后山到日和山一路沿着沙丘走,是一段相当迢遥的路程。途中甚作躺卧在茱萸树丛下。

"来,抽一根吧。"

说着从口袋里拿出一种叫做飞船的烟来,也递了一根给五平。飞船这牌子,是当时才刚开始销售的日本烟。

"光吐烟是不行的。要猛地一口气,像这样,一直吸到喉咙的深处胸腔里才行。"

他做了实际教学示范。五平照他所说的把它一口气吞下去,过了一会儿之后开始头晕目眩,眼睛和耳朵都很意识模糊,好像突然变得看不清也听不清楚了。他因为恶心而难过了好一阵子。

这一切甚作都心中有数，所以等五平不再觉得恶心之后说道：

"好啦，差不多该出发了吧。"

就这样，从日和山往下走到平地上，被带到下町①附近的渔夫家去。是一间墙壁和壁板都已经到处斑驳褪色、好像有点倾斜的民宅。外面挂着一个第八太郎丸的小旗子招牌。

第八太郎丸的女儿，帮他们到路边寿司摊老板的破旧小屋去询问，但很不巧的是，那一天鲔鱼已经卖完了。

"真是没办法，那就只好睡午觉啦。"

甚作随便一躺，闭上眼睛睡起觉来。五平毫无睡意，只觉得那户人家的女儿挺漂亮的。可以说是连人形娃娃都罕见的美貌吧。虽然身上穿着简直像以尿布废物利用做成的皱巴巴的小件和服，但露出和服外的胸部、手腕和脚，却是长得极好且美，还生得一张可爱的脸蛋，十六七岁吧。

甚作忽然张开了眼睛，决定要回去了，但似乎察觉到五平只顾着看那个女孩，一走到外面就说道：

"要是有五元的话，明年就可以买得到了吧。明年差不多就会去当妓女了，哈哈哈。"

"那个人会去当妓女吗？"

"是啊。新潟渔夫的女儿，照例是要去当妓女的啊，所

---

① 妓女户所在的町。

以下町才会有美女啊。你就趁现在开始存钱吧。"

甚作虽是若无其事地这样随口一说，五平却受到了严重的冲击。如果那样的女孩子们去做的话，妓女想必是很美的，他为此感到痛心。但是五平心想，甚作应该是在骗人。因为他认为，女孩天真无邪的模样，大概跟妓女这样的人物是无缘的。而如果那是事实的话，那么自古以来的故事或小说里的情节，也许全都是真的了。自己也想跟那样的女人谈个恋爱看看，五平偷偷在心中对妓女产生了憧憬思慕之情。

不久之后甚作便从学校里销声匿迹了。没跟五平说声再见就消失无踪了。听说，他是去当土木工人了。

考试结束，才一进入暑假，五平就变得忙碌至极。那是由于心中有着千头万绪，不必为了焦急而焦急，往者已矣，诸如此类的情况。

其原因是，五平共计有六位推心置腹的朋友。这六个人在思想上虽然没有共通之处，但在为了无聊而烦恼上，他们坚强地团结在一起，组织了一个名为六花会的团体，在面包店的二楼设置了大本营，不分昼夜全神贯注于纸牌上。

纸牌——正是《小仓百人一首》是也，正月里女孩子们在玩的那个。请假不去上课，日以继夜，而且已经持续了一年，把全心全力都灌注在纸牌大战上，是超级傻孩子的聚会吧，的确如此。但是，在纸牌方面每个人都技艺精进，"姑娘"必须要用一个字来拿才行，"黎明"则以六字拿取。像这一类的他们早就不玩了，简直已经快速如呼吸，几乎是在争夺间不容发的瞬间那种近似行家技艺的领域了。

六花会会员之一，是那间名叫小杉楼的妓女户的儿子。因为不方便从妓女户去上学，所以一直辗转迁移寄宿的地方，他是个天生的酒鬼，连到学校上课都带着药瓶子，假装是在喝感冒药，其实是在自斟自饮地喝一杯。除此之外别无值得一提的恶行，但是学校的功课与喝酒毕竟难以两全，他自然成为了留级组的一员，成绩相当差。

小杉最后被寄放在英文老师的家里。那里是一间寺庙。是以南瓜出名的寺庙，在新潟自古以来的儿歌中，这个寺庙的南瓜就一直被传唱着。总之寺庙的住持就是英文老师。

小杉每天晚餐之后，都会被叫到老师的书房去上英文课。然而，他在苦心之余，趁着老师去上厕所的空当检查老师的书本，发现了有特别做记号的地方。那是考试前四五天的事情。根据各种状况来考量，有做记号的地方应该就是这一次的考题没错，看准了这一点，他说：

"英文考试的题目，一定是这个。因为在那一天之前都没有做记号，这是刚才做的记号，所以一定不会错的。"

"太感谢了！干得好！"

大声喊叫高兴得差点要哭出来的人，是叫做蜡烛店万吉的蜡烛店小孩。他对英文这东西，是除了I跟You之外，根本提不起兴趣去记忆的男生。他生来是充满日本情趣、本性风雅的少年，六花会这名称也是借重他的智慧而命名的。新潟市以雪花为徽章。雪的结晶是六角形，也被称之为六花，由于人数相同而借用了本市徽章的六花，对傻瓜的聚会来说，这是个很棒的会名。把纸牌的技艺介绍进来的，也是万吉。

因为这层缘故，六花会员唯独在英文这一科，全员都能够写出得到满分的答案来。完全跟死背的内容一样，正好只出了那些题目而已，蜡烛店万吉因而不由自主地"嗯嗯"地大声欢呼，让其他会员捏了一把冷汗。

暑假放了两三天之后，小杉寄了一张明信片给蜡烛店万吉：

> 我们可能会被老师叫去。其他的科目都一塌糊涂，却只有那一科六个人全都考了满分，实在有点不妥。我即将要到乡下的亲戚家住一个夏天，我不在的期间，万事拜托了。

是这样的通知。万吉一时惊慌，把这事告诉了五平。也想要分别联络其他的会员，但是其他人的家都在外地，不是已经回老家探亲，就是出发去旅行了，剩下来的只有五平和万吉而已。二人都惊慌失措地不知如何是好。

万吉在深思熟虑之后说道：

"就说是我们六个人一起讨论猜题，谁知道凑巧都猜对了。只要六个人都异口同声地说一样的话，应该会没事吧。"

"原来如此。就这么办。"

"但是，联络不到大家真是让人头痛啊。要是青山那个家伙在的话，说不定还会有什么好主意呢，偏偏挑这个时候去爬山。总之我们是不是应该先安排一下，好等那个家伙一爬完山回来就能取得联络。"

于是万吉和五平去青山家造访。他家是学校町的寄宿宿舍。

这个青山是六人组之中唯一的秀才。也许还称不上是秀才，但是在一百五六十人的学生中，可以名列二十名以内，偶而会冒到十名前后的程度，不管怎么说，其他五人一定都是在倒数的前二十名内，因此他的确是六人组之中的特例。

青山也是不分昼夜地埋首于纸牌的训练，是个不会随便缺席的忠实会员，却不曾像其他五人那样逃课。他也依然用功读书，但是，他生性有点懒散，是那种要是不在什么地方弄出点漏洞来，人生就过不下去的秀才。

六人组恶名昭彰。但是，反正因为这一伙人当中有青山在，多少也有些信用上的好处。例如晚上太晚回家的时候，只要说："我去青山那边学英文回来了。"

这样就能够蒙混过关。对坏孩子而言，再也没有比同伙中有个信用卓著的秀才，更让人有信心的了，每逢危急之时，就拿来当做护身符般地滥用，好消灾解难。在这种时候，秀才似乎有如神明一般。

万吉与五平联袂去访青山家，向老奶奶探询青山回家的时间，奶奶说会在明天的傍晚回来。

"那么明天傍晚的时候，我们再来。青山如果回来了，麻烦您转告他，请他不要去任何地方，要待在家里等我们。"

他们恳切地再三叮咛。

"皇国的兴亡就在此刻!"

万吉抬头仰天,朗声高叫。

"喂,你啊。明天傍晚六点半,别忘啦。拜托喽!"

万吉感动得紧紧握着五平的手说再见。

对五平而言,那一刻也是绝不可能会忘怀的。但是,隔天又发生别的事情了。

少年的生活是多角化的。而且人生尚未练达,因此不懂得取舍之间的选择,也有着想要知道人生各层面的欲望。没有什么大不了的理由,就糊里糊涂地被牵引到意想不到的方向去了。一旦绳子成形了,想要靠自己的意志来断绝,几乎是不可能的。而且会拼命地操纵大多数的绳索,费心地不让人看出破绽来。如果大人能够去检查一个少年手中所握着的无数绳索的话,可能会为绳索的毛色横跨了太多方向,并且还紧握着几条截然相反的绳子,而感到惊讶不已吧。对大人来说,要同时操纵那些绳索是不可能的事情;然而大多数的少年,不管怎样就是操纵着那些,即使结果是以失败告终。总之在一段相当长的时期内,他们是煞费苦心地至少要能够保持基本上的协调,却也拥有奇迹似的灵巧。比起大人,小孩子是天生的名演员。由于并不知道太多的事情,因而比较能够发挥演技。况且,孩子的交往关系,就跟演员在扮演人生的所有角色一样,范围是相当广阔、复杂多样的。

隔天，五平去海里游了一趟，为了吃午饭而回到家时，听到有人喊："五平，在家吗？"是个高个子的大人来叫他出去。身穿西装，头戴巴拿马草帽。

"你不记得我啦？深谷长十郎啊。"

"啊，是长十郎啊！"

"别这样啦。叫我深谷先生或是长十郎先生吧。我现在可是支那①的绅士呢。"

一边这么说着，一边给了他一包支那香烟，当做来自支那的礼物。

"你还是不抽烟吗？"

"会抽啊。"

"我想也是，一起去海边吧。"

结果五平不得不跟他一起到海边去了。

长十郎比五平年长五六岁。他从高等科毕业之后，就到支那去了。因为征兵检查，才在相隔多年后回国来的。

长十郎是个游泳高手。小学的时候，曾经在长泳大会上游完十英里。普通科的学生游完全程十英里的，全市只有他一人。教会五平游泳的人，正是长十郎。过去的交往，仅止于此。

到了海边，他在物色了几家怎么看也没啥区别的茶屋之后说："这间是上等的。"

---

① 近代日本对中国的称呼，含贬义。

选了其中一间，也许是因为那附近有许多年轻女孩也说不定。他点了酒菜脱下外衣，把玩着领带说道：

"支那的领带啦，看得出来吗？"

"看不出来。"

"日本的美人比我想象中的还要少哪，支那也没有美人。大概是在船上不停地想日本美人的容貌想过头了吧，丑女人看起来这么刺眼，真是伤脑筋。"

他对着比他年幼五六岁的五平，净说些女人的话题。五平也只好摆出一脸状似了解的表情来。

他从口袋里掏出切成细丝状的烟丝，以单手灵巧地用纸卷起来一边吸，一边说道：

"抽烟最好要抽这个。船员是塞进烟斗里咝咝地抽，但是那个声音很不干净。在学会用单手来卷纸烟之前，需要经过相当程度的练习。在还卷不好的时候，因为蛮丢脸的，所以最好不要在别人面前弄。要在国外生活，不论什么都用灵巧的动作做给别人看，这是很重要的，因为语言不通嘛。只要留意着玩弄些戏法，支那的生活是很有趣的。我在支那是公认的绅士。"

长十郎让茶屋煮了所有做得出来的料理，摆满一桌子，毫无止境地喝着啤酒。只是变得比较饶舌一些，完全没有喝醉的模样。

茶店的老爹是个身上有着刺得不太高明的刺青的人物，他把长十郎当成贵客，频频热心招待。一确认远方的海边有人在拉拖网，就赶快跑去买活跳跳的鲜鱼，还跑到邻近的茶屋请他们让些上等货给他，拼命地奔走。那也是因为沙滩上的沙子烫，所以非得拼了命地奔跑不可，不过他一点也不厌倦，忽左忽右地，频频四处奔走。

当太阳西斜凉风开始吹起时，年轻人的身影逐渐从沙滩上消失，取而代之的是工作结束的大人们。

有个男人突然出现在茶屋前面。不上店里来，就脱下和服往屋里头丢，眼睛直盯着茶屋的女儿看：

"这不是一天比一天更胖嘟嘟了嘛！愈来愈像你姐姐了，早一点送出来吧。我会好好疼爱的。"

是个鼻子下面蓄着胡子的男人。

"哟"地叫了一声，在茶店前面倒立起来，用手走过了两三间屋子。然后以威猛的气势，一直线地奔向海里去。很难想象这样发了疯似的举止，是个中年人的行为。支那的绅士好像也多少有点吓破胆了：

"这是怎么回事啊，那个家伙是？"

"是这个的医生啦。"

老爹把弯曲成钥匙状的手指头放在自己的鼻子上比给他看。好像是缺鼻子的医生的意思。也就是，梅毒的医生。

"是帮下町的妓女们看病的医生，也是这个女孩姐姐的熟客人啦。这孩子的姐姐是个妓女。那家伙啊，说是要我把做妹妹的也早一点送去当妓女，每天都来催我呢。"

"是个色鬼吧？"

"是超级大色鬼。"

长十郎重新目不转睛地看着茶屋的女儿。五平早就已经发觉到了,是个美人。就如同医生所说的,是个胖嘟嘟的可爱女孩。就跟第八太郎丸的女孩一样,发育良好的手脚突然从小小的和服里突出来,年龄也相仿吧。五平觉得,这个女孩也美得毫不逊色。

"姐姐是妓女吗?"

"是的。请你去找她玩。"

老爹告诉他们妓院的名称和女儿的花名。自己女儿当妓女的事,他好像反倒是引以为傲似的。五平觉得这真是另外一个世界。五平想起了熊本甚作说过的话。

"那是明年就可以用钱买到的女人……因为是渔夫的女儿嘛。"

听到这句话的时候,他还半信半疑地觉得,这大概是骗人的吧,但现在已经不得不相信了。光是看刻画在老爹的背后和手腕上不太高明的刺青,以及在海滩上开茶屋做买卖,他是渔夫一族之事就毋庸置疑了。

熊本甚作的话,深深地烙印在五平的脑海中。每当偶尔想起时,就担心得不得了。他有一次试着问了小杉。

"妓女漂亮吗?"

"傻瓜!"

小杉很夸张地绷紧了脸说:

"是名副其实的不干净啦。我实在弄不懂那些花大钱去买那种东西的家伙在想些什么。"

当时小杉正为长了皮癣而苦恼。在学校里绑上绷带遮掩了起来，但对六人组却毫不隐瞒，还让他们看他把脓包戳破涂药的样子。那时候他也刻意把绷带解开来给他看，不过，那并不是为了要给别人看，而是因为想到需要擦药了吧。

"唉，妓女啊，就像是这种东西。"

说着让他看手指缝里的皮癣。五平慌忙地将视线从长满了一堆脓包的手指缝移开。因为他不想要看到妓女的真面目。即使听到同年龄的少年在谈论关于妓女或女人肉体的话语时，都不愿意正面去接受的五平，却感觉那时候小杉所说的话和态度，有着无比分量的权威。感觉到他对妓女真面目的一切了如指掌，冷静并且心术不正的眼神。

"这样说虽然有点对不起我们家的客人，不过，你们还是聪明一点不要接近妓女户比较好。"

小杉虽是苦笑着说的，五平却在那个时候被"大人的话"给震慑住了。他偷偷地吐了吐舌头，觉得这是深不可测的大人的话。跟教诲训诫他的学校老师、父母和常见的大人们不同，觉得仿佛是真的听到了有千钧之重的大人话。甚至觉得那句话中含意的深度是难以确知的。并且还认为，妓女的真面目好像就清楚地躲藏在小杉的手指缝里。

但是，在海滩的茶屋里想起熊本甚作的话时，五平的心正在梦中国度里玩耍。五平觉得甚作说的话是真的。关于这一点，甚作能够若无其事地说出那样真实的话语来，他的心是难以理解的。难道不应该更感动一点地说吗？也许，这是没什么了不起的事吧。那个美丽的姑娘跟这个美丽的女孩，终将成为妓女之事并不算什么。五平心想，只要能够感受到这些美丽女孩真正的心灵，说不定自己就算抛家舍命也不后悔呢。

大概甚作也是那种深不可测的真实大人之一吧，五平这么觉得。于是对自己的幼稚感到相当羞耻。

岂料，支那的绅士是天真无邪的。他一看见梅毒的医生在相当广阔的海面上巧妙地游着，好像就不自觉地激起了他的战意。

"我也去游一下吧。虽然很久没游了，不过应该还没忘记怎么游泳吧。"

他一面笑着一面开始脱衣服。肚子上围了一条漂白过的布。取下那块布仔细折叠。

"这个，帮我戴在你手上吧。"

说着把手表戴在五平的手腕上，走出门去了。

他直接走进海里去。一直线地，从茶屋直线前进。然后，始终一直线地往前游去。早就已经游过梅毒的医生。也老早就游过最远的海面上的小船了。也游过最远的渔夫的小舟，终于远到看不见身影了。

茶店的老板拿出望远镜来。看着看着脸色随之大变，看不见了。他拿出踏脚椅来，站在上面踮起脚来通过望远镜往外看。

"啊，还在游。还在往远方的海面游过去，看得见那个白色的小帆吧，就在那艘船的附近。怎么这么不要命啊？"

他把望远镜放下之后，沉默不语地把船桨拿出来，朝着小船的方向跑过去。那艘小船，也终于消失在视野之中了。

但是，又看得到小船了，是划回来了。过了相当长的时间之后，也看得到人的身影了。坐在船上的只有一个人，长十郎是跟在小船旁边游回来的。以游回来而言，是出乎意料地很快就到达陆地了。只是稍微有些苍白而已，连一点疲累的样子也没有。五平被那股蛮劲给打败了。能够游到连小船都看不见了的遥远海面上的人，在此之前，在这个海滩上还不曾见过。要是茶店的老爹没有划着小船去接他的话，实在不知道他究竟打算要这样一直线地游到哪里去才甘心。在海上又不像在陆地上散步那样，没有记号，没有段落界线。若要说有的话，也只是对岸的佐渡而已。而那是五百吨的商船要行驶两个半钟头才到得了的。

在毫无目标的海面上，一直朝着遥远的海面不断前进的人，其心理是难以理解的。

"你不觉得可怕吗？"

五平很想要这样问问看，却害羞得无法启齿询问。

"可怕？为什么？"

他大概会这样反问吧。到时候五平只会想找个地洞钻进去而已。那是第一次，他如此强力地展示出五平自己所没有的力量来。

手表上的时间早就已经超过六点了，他受到的感动深刻到让他连重要约会的时间都暂时忘却了。

长十郎像是什么事也没发生过似的，静静地裹上漂白布条穿上西服。对支那的事情，他虽然不断地吹嘘，但是游了这般程度的距离，好像也不足以成为吹嘘的话题，就连卷烟手法的百分之一都谈不上。

五平终于战战兢兢地开口说道：

"我跟人家有约……"

"嗯，回去吧。"

长十郎毫不犹豫地结了账，说声：

"再见。"

对老爹挥挥手走出茶屋。在展现了这个海滩历史上罕见的蛮泳之后，这未免也走得太干脆了。

爬到沙丘顶上时，长十郎停住了脚步：

"我现在要去妓女户过夜。去买茶屋女孩的姐姐吧。你去我家帮我转告一声。就说我去佐渡了。会在佐渡住个四五天再回来。啊哈哈！很近的佐渡。"

他没有走上马路去，而是拨开了沙丘的茱萸树丛前行，跟熊本甚作那时候一样。这也是某种因缘吧，五平吓得目瞪口呆，站了好一会儿目送着英雄的背影离去。

等五平冲到青山家门前时，漫长的夏日已近黄昏，连擦身而过的人影都已经朦胧难辨了。五平正打算赶紧冲进门里去时，身后传来"等一下，等一下啦"的声音，是蜡烛店万吉大声叫住了他。他坐在路旁的松树根上，正不知该如何是好。

"青山还没回来，而且连你也不见踪影了。天都要黑了，我就坐在松树根上，头顶上的树枝形状让我胡思乱想，担心得不得了呢。简直就像是让人在这里上吊似的，头顶上突然伸出一根粗壮的树枝来。"

但是，他的声音听来精神十分饱满。虽然有部分原因是由于他音量天生洪亮，但也有因为他天性乐观，又认出是五平的身影而让他重新感动的样子。青山不回来，便无处可去。迫于无奈，两人只好并排地坐在那个松树根上。

"这样好不好？万一的时候，我们就动手吧。两个人一起吊在树枝上面，恐怕也很难把它折断呢。"

原来强壮的树枝是突然变长的。在海边与英雄共处时，没有什么明显的不安，但是天色一黑，变成是在等待未归人时，连生死问题也不得不认真考虑，心情真是越来越沮丧了。心中有着千头万绪，不必为了焦急而焦急，往者已矣。说的就是这个。

幸好，青山回来了。因为他一面以患了蓄脓症的鼻子哼着流行歌曲，一面在夜路上逶迤而来，所以人还没走近就已经知道了。万吉从正要跨进门去的青山背后，抓住了他的背包说：

"喂，站住！这是从哪里偷来的？"

"什么嘛？是蜡烛店的啊！"

万吉的声带好像有点异常，是那种音量过于丰沛、像要扯破似的恐怖声音，所以只要是他的朋友，不管是在哪里听到都能认得出来。

"畜生！你没吓到啊！我可是连夜里都睡不安稳。"

万吉虽然恨得牙痒痒地说着，却难以掩藏他那得救的心情，这是好比往者复归那样令人感动的重逢场面。至于五平，则是比在被海的英雄吓破胆之后，还更加倍的混乱、不安、悲叹。因为是忽然坠入深渊满心彷徨迷惑，因此有种在暗夜中喜获灯火的感觉。

然而，真不愧是个秀才。一听万吉把事情的来龙去脉说完，青山便笑道：

"怎么，就那件事啊。只要说是猜题猜对了，不就什么事也没了吗？不可能会答对的家伙却能够猜对，这不是考试常有的事吗？"

"六个人都一样，这不是不太妥当吗？"

"如果是六个人一起猜题的话，六个人都会，不也是理所当然的吗？"

"什么呀？你是那种不用作弊也写得出来的人，所以不觉得做了什么亏心事，但是我们可没有办法像你那样冷静。"

"没问题啦，镇定一点。让我看一下小杉的明信片。什么嘛！小杉不就是因为胡乱猜想而提心吊胆吗？因为他自己是偷考试题目的当事人，才会格外担心害怕，那是他杯弓蛇影的心理。"

"真的吗？"

"当然是真的。你们的座位都离得很远吧？谁也不会觉得你们是作弊的。"

"这样啊。太感谢了！"

万吉十分感动，眼看着他精神饱满。

"这样一来，那就是满分的答案了啊。有生以来第一次考满分。而且还是英文呢，这种滋味真是难以忘怀。"

万吉突然态度一变，是满脸喜色的感动。从青山的书柜里找出英文的参考书来翻着。

"嗯，就是这里！这边的日文语调比较好。不过，我居然还真能背得下来，一走出教室就忘得一干二净了。这边这个语调，我就回答不出来了。"

说着用他丰沛的音量，声音朗朗地朗读起来。在和歌纸牌方面，他也喜欢在玩游戏的同时，声音朗朗地念出来。在还没朗读完时，青山打断了他。

"等一下，等一下。考试题目是到此为止的。"

"还没有啦。还有两行呢。"

"参考书虽然是在还有两行的地方才告一段落，但是考试题目是在那两行之前就分段了。"

"说什么傻话？哪有这个道理！刚好到这个地方分段才好。"

"这是老师常用的手法。为了要引那些照着参考书死背的家伙上钩。"

"哪有那么卑鄙的，跟规则不一样。"

"我让你看考试题目，你比比看。"

正如青山所说的。万吉跺脚气愤地说道：

"嗯。被骗了啊！"

"这总比背得不够多要来得好吧。"青山说道。

"因为参考书上有注明语调，是标示让人不会中途停下来的那样啊？你写到中途就停下来了吗？"

"那是当然喽！小杉不是检查过英文课本了吗？跟那个对比的话，不就知道了吗？"

"去吧！哪有办法——对比那种东西啊。难道你不觉得只要对比一开始的地方就足够了吗？要是有去检查参考书的话，就不会发生这种事了。一生中仅有一次的满分飞啦。"

万吉整个人意志消沉了下去。也许这个打击也产生了强烈的作用吧，秋天将近的时候，他突如其来地退学了。也就是说，他似乎自己对学业绝望了。而且，他没告诉任何人一声就远离故乡，去了东京，在某间商店里当小学徒。

万吉一面当小学徒，一面尽情地勤学江户情趣，勤奋于风雅。然后过了一年，当五平和万吉在东京重逢时——五平转学到东京的中学去，万吉领着五平到墨堤的素菜料理店，秀出他累积的渊博学识的一部分来。从那之后每逢每个月的公休日，小学徒便出现来邀约中学生，这个月去哪里，下个月又是要去哪里的，为他启蒙各个季节的江户情趣。

过了四五天。

在那期间成绩单也寄来了，五平顺利地在中途偷走了成绩单，用墨水修正液作假。并不是修改成绩，而是有必要修改缺席的天数。因为有半数以上的时间他都缺席了，虽然实际上他缺席的天数比这个还多。

接着，五平偷了一把父亲的刀出来，拜托万吉帮他拿到刀具店去卖，那是因为跟面包店借的钱非还不可了。虽然从二三十把当中，偷出一把看起来最不显眼的白色刀鞘，但万吉和五平什么也没说，刀具店居然就以相当高的价格买了下来。如此一来，那个夏天让五平头痛的因素，便全部收拾干净了。但是，因为认为他所偷的刀，好像理所当然地是把铭刀，这个发现所引起的不安，让他不得不开始新的苦恼。有一天，一个不认识的小孩来到门前。

"五平，在家吗？"

他唱歌似的叫喊着。五平猜想是哪个打架打输的家伙来找他报仇的吧，便故意翻过后墙来到正门，从门前小孩的背后突袭。

"是哪个家伙指使来的？"

"你是谁啊？"

"我就是五平。"

"长十郎叫你过去，你跟着我走。"

很稳重的小孩。五平垂头丧气地想着，这样的家伙长大之后打起架来，大概连我都会输给他吧？跟长十郎这个英雄关系密切的人物，即使是个孩子，都会让人心生畏惧。

然而，五平被带过去的地方，很意外的，是第八太郎丸的家。长十郎的大腿和手腕上绑着许多绷带，正在那里睡觉。

那是他在下町跟当地的流氓打架的结果。由于对方人多势众，他的手腕和大腿都被短刀所伤。但是，据说因为不想让双亲知道，被砍伤的长十郎也只好逃走了。于是，便藏身于此。

似乎是相当严重的伤势，但是长十郎却苦笑着说，这只不过是受了点皮肉伤而已。

他扑哧一声笑了出来："没有什么事，只是很无聊，才叫你来的。就吃个饭，玩一玩再走吧。"

"这一家人，你认识吗？"

"当然啊。要是不认识的话，不会收留我的。是我买的那个女人的家啦。"

"那么说，海滩茶屋的家是这里喽？"

"傻瓜。海滩茶屋的家当然就是海滩的茶屋。我是以茶屋的女儿为目标啦，但是去了一看，那个妓女已经有客人了，而且我也比较喜欢这一家的女孩。在妓院里连续住上几天是很花钱的，所以就听女孩的话，白天在这里吃饭过日子啦。没多久，就打架了。我不知道怎样才会幸福。渔夫有侠义之气，真不错。"

五平一副懵懵懂懂的样子，好像也领会了这番话。这么说来，那个女孩一定还没等到明年，就已经当了妓女了。他从一开始到了这里，就一直惦记着女孩的事情，却始终没有女孩的踪迹。

五平捺着性子陪了长十郎还不到两个钟头，就再也待不下去了。而且，人待在那边的时间里，简直是心不在焉。因为他一直在想女孩的事情。

"那个妓女会来这里吗？"

五平下定决心试着一问。长十郎大笑道：

"你是什么也不懂啊。妓女是不可以走出大门一步的，甚至也根本不知道我在这里养伤的事情呢。"

"我帮你去带她过来吧。"

"傻瓜。"

五平当时松了一口气。因为这句话怎么会脱口而出，连自己都感到意外。只是突然间脱口而出罢了。

要是长十郎回答说"去帮我带来"，他会有勇气跨进下町吗？他心想自己做得到的，大概顶多也只是以去找小杉为借口，从大门前经过而已吧？但是，小杉出门旅行去了。接下来，恐怕就束手无策了吧？

想见女孩一面的心愿，这种痛苦，闷在五平的心中。而那似乎出乎意料的强烈。这样的自觉让他不知所措。

而且他，莫名地感受到因缘这回事。从熊本甚作带他来到这里的事情经过来看，是很唐突。支那绅士的归国，他出乎意料的来访，到海边游玩，然后，这个结果，不正是奇妙的因缘吗？而且自己和女孩不就是通过命运相互吸引，由命运所造成的吗？净想着这些便宜事，五平顿时陷入一片混乱，变得心不在焉。

如果在这里待到晚上的话，就如同注定好了似的，命运将会开启。五平这么想。然后害怕起来待不下去了，逃也似的告辞而去。

　　回到家之后，有好几天里五平的心也平静不下来。如果今天去探望长十郎的话，就可以开启注定好的命运。这样想着，就筋疲力尽了。

　　于是，从那之后，他再也无法走近下町的方向，以及海滩茶屋一带了。

坂口安吾年谱

明治三十九年（1906年）一岁

十一月二十日，在新潟市西大畑町，排在家中十三个兄妹中第十二的炳五出生了。原籍是新潟县新津市大字大安寺509号。父亲坂口仁一郎，安政六年一月三日生人，历经新潟米谷交易所理事长，新潟报社社长，县会议议长，而后升职为众议院议员，最后任宪政会的党总务职务。其父政界友人中有町田忠治、加藤高明、若槻礼次郎和犬养毅等人，经诗友市岛春城介绍，与大隈重信亦有来往。师从森春涛，封号为五峰，倾注三十九年心血著有名著《北越诗话》上下两册。同时，与会津八一亦私交甚厚。明治六年十月，仁一郎十五岁之时与玉井氏的女儿波麿子结婚。明治二十二年十一月，其妻波麿子去世，留有秀、雪、濡衣三个女儿。明治二十四年八月，又与大地主吉田氏（五泉市本町）的女儿阿佐结婚。此阿佐即为炳五的母亲，炳五为她的第五个儿子。兄妹排行顺序的是：秀、雪、濡衣、绢（养女）、石、吉、秋、七松（夭折）、成三（夭折）、上枝（男）、下枝（女）、炳五、千鹤。坂口家先祖甚兵卫曾在肥前唐津做陶工，而后离乡前往加贺的大圣寺做九谷烧的陶器工匠。甚兵卫有个弟弟，当时在奥州的棚仓藩奉公任职。此后，棚仓藩的领地转到关东川越，据说其弟作为留守居一职拥有相当权力，所以当甚兵卫来越后长冈之时，有许多陪同者簇拥。甚至坂口家从越后金屋搬迁辗转至阿贺浦村的大安寺时搬运了大量的财产，甚兵卫的官印一枚枚罗列起来，据说能达到五头山的山顶之高度，如今仍保存着甚兵卫的旧式宅邸的遗迹。当时有这样的歌谣流传着：在阿贺野川流域，有下新的赤间德左卫门，大安寺的坂口津左卫门，福冈的藤七这三大家族，即使阿贺野川的河水流尽了，这三大家族的金银财宝也用不尽。

明治四十四年（1911年）六岁

　　进入幼儿园。可是，厌倦死板的生活方式，经常逃避幼儿园，一个人在未知的路上彷徨走着。在家中喜欢阅读报纸讲谈和相扑的新闻。

大正二年（1913年）八岁

　　四月，新潟寻常高等小学校入学。

大正四年（1915年）十岁

父亲以放任主义的态度培养孩子，导致对安吾的调皮倔犟束手无策。在外是管不住的孩子王，在邻居们的眼里是令人讨厌的孩子。下雨天则没办法，只好躲在屋檐底下读着喜爱的立川文库，模仿着猿飞佐助的姿态，偷偷地研究忍术的方法。

大正八年（1919年）十四岁

四月，县立新潟中学入学（现在为县立新潟高等学校）。从此开始对家庭感到憎恨与害怕，在天空、大海、风中感受到了故乡和爱。班级同学中有个叫池田寿夫（此后的左翼评论家）的。中学时代有个叫涩谷哲治的直言快语的汉语老师。听说有一次，他突然对坂口大吼道："哎！你小子炳五这个名字与'明亮'一词同音啊。可是，看你可完全不是一副阳光的样子啊。作为五峰先生的儿子，这个样子可是不行的啊。今后就别叫炳五了，给自己取个暗五的名字吧。"说着便在黑板上大笔一挥写了下来。从此，班级同学都把炳五称作"暗五"了。

大正九年（1920年）十五岁

大部分时间不去上学，因此留级了。与此同时，开始对谷崎润一郎的作品及巴尔扎克的《绝对的探求》和《文学的本质》产生了浓厚兴趣，同时萌生了早日成为小说家的梦想。

大正十一年（1922年）十七岁

中学三年级的时候，家里放心不下便请来当时新潟医大名字叫做金野岩的秀才给他当家庭教师，可他依然是时常逃课，晴朗的日子里经常前往砂丘的松林，而下雨的天气则躺在学校旁边的面包店二楼里睡大觉这样混日子。就这样，这一年的夏天，他被学校开除了。那时，他在学校教室的课桌盖子的背面刻上了这样的一行字："现在我是一个伟大的落伍者，也许会在某一天，我会在历史当中重新崛起！"他将爱伦·坡和波德莱尔、石川啄木等人看做社会的落伍者崇拜着他们，并深受他们的影响。这年秋天，父亲仁一郎没有办法，便把他叫到户塚取访町的家里，随后把他安置入学在了真言宗丰山的丰山中学（现在为日本大学丰山高等学校）的三年级。坂口安吾即便在这所新学校里依然是逃课如旧。但可喜的是，这期间他对棒球、游泳和田径运动产生了浓厚的兴趣，特别是在棒球方面，作为投手活跃在球队当中。而且在跳高方面，还在校际运动会上拿过桂冠。

大正十二年（1923年）十八岁

七月，从新潟的老家搬迁到了学校的一个背街小巷里。十一月二日，其父由于细胞肿瘤在东京的户塚去世，享年六十五岁。此时，开始对宗教有了一种模糊的崇拜和感到了一丝乡愁。经常在学校后面的墓地和杂司谷一块儿深处的囚犯墓地的草地上与同班的拳击手在一起玩耍。受那友人的委托，以其友人的名字在《新青年》刊物上登载了一部翻译本的拳击小说叫《人心收揽术》。当时的稿费是每张纸三元。

大正十四年（1925年）二十岁

三月，丰山中学毕业。当时听周围的一些人说讨厌上学的人即便是上了大学也没什么出息的，他也认为如此。随后，成为了世田谷下北泽教区的代用教师。这期间，对众多的文学作品产生了兴趣，尤其是反复阅读契诃夫的《没意思的故事》这部作品并深受感动。与此同时，向悬赏小说《改造》也投了稿，但是落选了。

大正十五年·昭和元年（1926年）二十一岁

中学时代感到的那种残酷的宗教求道的憧憬和乡愁更加强烈，决心从学问方面研究佛教。不久辞去教师工作，进入东洋大学印度哲学系继续深造。

昭和二年（1927年）二十二岁

入学以来，为了达到修身开悟，在一年半的时间里一直持续着每日只睡四个小时的生活习惯，最后终于患上了神经衰弱。最后通过梵语、巴利语、藏语、法语、拉丁语等的学习，不久就克服了这一毛病。

这一年，遭遇了车祸。虽不是特别严重的事故，可是从那以后，心里经常产生一种被害妄想症。七月，对芥川龙之介的自杀极为震惊，自己也时常出现自杀的念头。

昭和三年（1928年）二十三岁

进入雅典·弗朗塞外国语学校学习。同班级有个叫菱山修三的人，学习很优秀，喜欢读莫里哀、伏尔泰等的作品。而对当时极为兴盛的左翼文学丝毫无兴趣，倒不如说被正宗白鸟、佐藤春夫、芥川龙之介等人的作品所吸引。在给友人山口修三的书简中这样写道："我最近感觉到，自己决心要步入颓废派的生活当中去。这种强烈的思绪搞得我很忧郁。此思绪也许不久就会在我的全身内燃烧"。

昭和四年（1929年）二十四岁

十一月，兄长兽吉作为新潟报社东京分局的局长，发行了一部可以说是关于父亲仁一郎的追忆录《五峰余影》。

昭和五年（1930年）二十五岁

三月，东洋大学毕业。十一月，与雅典·弗朗塞外语学校的友人和同人们创刊了杂志《话语》。

同人当中，主要有江口清、葛卷义敏、若园清太郎、青山清松、大泽比吕夫、阪丈绪、本多信、关义、片冈十一、胁田隼夫、山口修三、山泽种树、根本钟治、吉野利雄、野田早苗和山田吉彦等人。

昭和六年（1931年）二十六岁

一月，在《话语》上发表《从枯树酒仓里》。虽《话语》在二号刊时开展不下去而抛锚，但是在葛卷义敏、山田吉彦等人的努力之下，在岩波书店发行了其后续书刊《青马》。在五月份的刊号上发表了《寄予故土的赞歌》。六月，在《青马》上发表《风博士》。当时此作品在《文艺春秋》上受到了牧野信一的大加赞扬。此后又在二号刊上发表了《不眠症》的译本。七月，在《青马》第三号上发表了由岛崎藤村夸奖，并由宇野浩二推举的《黑谷村》。由此，通过这两部作品，坂口安吾作为新进作家被当时的文坛所认可。受永井龙男的推荐，他的两部作品《海之雾》和《霓博士的颓废》分别刊登在了《文艺春秋》九月号刊与十月份的《作品》杂志上。除此之外，还翻译了布鲁斯托与纪德等作家的作品。这年夏天，与牧野信一私交加深，两人经常在鱼篮坂和大森周边散步畅谈至深夜。

十月，由出自春阳堂的牧野信一为编辑主干的《文科》创刊发表。并在首刊号上发表了连载《竹丛处的房子》。《文科》杂志中的同人中除了牧野信一之外，还有坂口安吾、坪田让治、田畑修一郎、小林秀雄、嘉村义多、井伏鳟二、河上彻太郎、中岛健藏、三好达治、佐藤正彰、中山省三郎等人。另外，翻译作品当中，有巴莱里的《斯蒂芬妮·马拉梅》，谷克多的《埃里克·萨蒂》和随笔《小丑传道者》。

昭和七年（1932年）二十七岁

二月，在《文艺春秋》上发表《蝉》。三月，去了京都。寄宿在大冈升平家里并结识了加藤英伦。与加藤共同居住的这一个半月的日子成为了此后生活的转机。之后不久便前往东京，受加藤的引荐结识了矢田津世子。三月，在《青马》第五号刊上发表了《关于法兰西》一文。七月，将自己的《寄予故土的赞歌》收录进了芝书店发刊行的《小说》的第二辑里面。

八月，在《草地》杂志上发表《群集的人》。九月，在《文学》杂志的第三集上发表《Pierre Philosophate》一文。同月，在青山光二弟弟经营的酒屋与中原中也相识。

昭和八年（1933年）二十八岁

二月，在《文艺春秋》上发表《小房间》，十一月，在《行动》上发表《陀思妥耶夫斯基和巴尔扎克》等文。

四月，在中西书房发行的《樱花》上发表《山脚下》（未完成）。《樱花》杂志的同人当中有井上友一郎、田村泰次郎、菱山修三、河田诚一、北原武夫、大岛敬司、真杉静枝、矢田津世子等人。五月，为纪念《樱花》创刊，在骏河台的文化学院举行了文艺演讲会，坂口安吾也是其中的一个讲师。

昭和九年（1934年）二十九岁

四月，在杂志《鹬》的第一辑上发表散文《文章和其他》。此文艺季刊杂志《鹬》是由檀一雄、古谷纲正、古谷纲武、雪山后之等人编辑发刊，上面刊登着武者小路实笃、佐藤春夫、室生犀星、中原中也、金子光晴、伊藤整、尾崎一雄、木山捷平、谷川彻三、大冈升平、保田与重郎、龟井胜一郎、太宰治、檀一雄、山岸外史、津村信夫、佐藤物之助、北川冬彦、古谷纲正等人的作品。五月，在《行动》上发表《靠近奸淫》；九月，在《新潮》杂志上发表了戏曲《山脚下》。在《纪元》第二号刊上发表了《关于场岛的死》。十二月，在银座的《驰川》经井伏鳟二的介绍，与檀一雄相识。

昭和十年（1935年）三十岁

分别在一月、二月、四月、五月份在杂志《作品》上发表了《闯入淫者山》《关于悲愿》《苍茫梦》和《单恋》与《摆脱沽淡的风格》。因批判《摆脱孤单的风格》这一德田秋声的文学，而与尾崎士郎相识。六月，处女作创作集《黑谷村》由竹村书房发行。七月，在《作品》上发表了《关于与金钱纠结诗的要素的神秘性》《对中岛健藏的提问》；八月，在《文艺春秋》上发表《想逃脱的心》；九月，在《作品》上发表《文章的一种形式》；十二月，在《作品》上发表《大家》。

昭和十一年（1936年）三十一岁

一月，连续在《文学界》的一、二、三月号刊上登载《狼园》。三月二十四日，牧野信一上吊自杀。三月，在《作品》上发表《禅僧》；五月，在《作品》上发表了《雨宫红庵》《参加牧野先生的祭典》《早稻田文学》《牧野先生之死》。七月，由竹村书房发行了普及版本的《黑谷村》。九月，发表《杀害母亲的少年》。一月，写给相识了五年的恋人矢田津世子一封绝交之信。说起与矢田的关系，两人五年间虽为恋人关系，但是在一起的时间总共还不到一年。中间的四年间，坂口与其他的女性在大森堤方町的公寓里同居一起。为了给自己的半生划分不同的阶段，为了向全新的现实出发，从十一月二十八日开始撰写《吹雪物语》。

昭和十二年（1937年）三十二岁

开始受不了东京的生活，孤独之中想埋没后半生，开始为自己建坟墓，并从那里再来生一次。二月，由尾崎士郎等人的送护，在宪兵队高度警备的宇垣内阁倒闭中的最混乱时期，踏上旅途前往隐岐和一所在的京都。五月，已完成了《吹雪物语》的大半部分（次年五月完成）。可此后，每日每夜在伏见稻荷的寄宿处下棋饮酒地过着日子。

昭和十三年（1938年）三十三岁

一月，在《文学界》发表了《在女占卜师的面前》。六月，完成了《吹雪物语》全稿之后，立刻进了京，在本乡菊坂的菊富士宾馆滞留了三四个月。七月，《吹雪物语》由竹村书房刊行。受恩于竹村书房，坂口借用居住在茨城县取手市的取手医院一位药剂师所住房屋的一小间里。十二月，将作品《闲山》发表在了宇野千代发行的三好达治编辑的《文体》第二号刊上。

昭和十四年（1939年）三十四岁

一月，在《文体》第三期上发表了《阳炎议谈》；二月，发表《紫大纳言》在同刊第四号上；三月，在《文艺》上发表《数之精，谷之精》；五月，《文体》七号刊上发表《学习记》；十月，在《嫩草》上发表《醍醐之村》；十一月，在《文学者》上发表了《总理大臣收到的信的故事》。除此之外，还发表了《被盗之信的故事》。对《京都报纸》进行了匿名批判写杂文并投稿。

夏季，在取手市参加了由野上彰、若园清太郎、赖尊清隆、冈田东鱼四人商讨的关于同人杂志《野麦》的创刊。但最终也未出刊。

昭和十五年（1940年）三十五岁

抱怨取手的寒冷，应三好达治的邀请，搬迁居住到了小田原町的早川桥边的龟山别墅。其间阅读了三好先生推荐的切支丹的文献作品，深受其趣味感染。四月，在《嫩草》上发表《细竹背后的面孔》；七月，在《文学界》上发表《赌命》一文。十二月，在《现代文学》上发表《风人录》。《现代文学》同人当中除坂口安吾之外，还有井上友一郎、大井广介、高木卓、南海润、檀一雄、野口富士男、平野谦、宫内寒弥、佐佐木基一、赤木俊（荒正人）、杉山英树等人。

昭和十六年（1941年）三十六岁

一月，从二十日到二十二日在《京都报纸》上发表连载《拉姆奈》。四月二十日，《炉边夜话集》由风格社刊行。五月，发表《死与哼唱》；六月，发表《关于作家论》于《现代文学》之上。夏季，从小田原搬迁到了蒲田的安方町九四号地。八月的《文学的故土》，九月的《波子》，十二月的《新作伊吕波歌留多》均发表在了《现代文学》上。此外，还发表了《孤独闲谈》和《叫大井广介的男人》。

昭和十七年（1942年）三十七岁

一月和二月，又在《现代文学上》发表了《古都》和《免费的文学》。同月，母亲去世。三月，《日本文化已见》；六月，《珍珠》；十一月，《讲述剑术的真谛》等陆续发表。

昭和十八年（1943年）三十八岁

一月和三月，在《现代文学》上分别发表《五月的诗》

和《讲坛先生》。八月，作品《传统的无产者》被日本文学报国会编，八红社杉山书店刊行的《辻小说集》所收录。九月和十月，在《现代文学》上分别发表《二十一》《死心大姐头》。同月，由大观堂刊行了《珍珠》。虽当时深受好评，但因为不合政治时局而被勒令禁止了。十二月，文体社刊行了《日本文化私见》。

昭和十九年（1944年）三十九岁

一月和二月，分别在《现代文学》和《文艺》上发表《黑田如水》与《手枪》。为了逃避征用而成了日本电影公司的委托人，因专注于历史书籍，因此发表的杂志也日趋减少。当时日本电影的伙伴当中还有哲学家久野收。

昭和二十年（1945年）四十岁

执笔了电影《黄河》的脚本工作，可是最后也未上映。执笔《二流人》（《黑田如水》的续稿）。为了编写《岛原之乱》（未完成），特地去了天草和岛原旅行一趟。还未完成便"二战"战败。此外还发表了《来自土的故事》和《咢堂小论》。

昭和二十一年（1946年）四十一岁

一月，在《近代文学》的创刊号上发表了《追逐我的鲜血的人》；三月，在《早稻田文学》上发表《处女作前后的回忆》。四月，在《新潮》上发表了《堕落论》。这在战败后日本混沌的社会中引起了极大的反响。紧接着六月份，在《新潮》上发表《白痴》一文。与太宰治、石川淳、织田作之助等人一起作为新文学的先锋人物受到了广泛关注。七月，在《中央公论》上发表《外套和青空》；九月，《文艺春秋》上发表《女体》；在《人间》上发表《关于欲望》；十月，在《新小说》上发表《何去何从》；《早稻田文学》上发表《无脚无首的男人》；十一月，在《光》上发表《石头的想法》；十二月，在《新生》上发表《战争和一个女人》。此作品内容因为与麦凯瑟司令部有很大关系，因此被删减了近三分之二。同月，在《文学季刊》第二号上发表《续堕落论》；《社会》的创刊号上发表了《我鬼》；十一月二十五日出席了太宰治和织田作之助的改造座谈会。但当时并未刊载在《改造》上面，后来以《未发表的座谈会——欢乐至极哀情多》为题，在昭和三十一年十二月首次公开登载在了《太宰治读本》之上。

昭和二十二年（1947年）四十二岁

这一年，作为流行作家极其活跃。一月，在《新小说》上发表《花田清辉论》；在《新潮》上发表《去恋爱》；在《改造》上发表了《道镜》；在《人间》上发表了《母亲上京》；在《文艺》上发表《风与光与二十岁的我》；在《近代文学》上发表《戏作者文学论》；在《肉体》上发表了

《盛开的樱花林下》。同月,《二流人》由九州书房发行。二月,在《妇人画报》上发表了《我想紧拥大海》;在《新生》上发表《我是谁》;从二月十八日至五月八日,在《东京报纸》上连载了《花妖》;在《新潮》上发表了《二十七岁》。春季,与梶仙治的大女儿三千代结婚。四月,在《妇人公论》上发表了《恋爱论》;在《文学季刊》上发表了太宰治、织田作之助以及平野谦主持的座谈会所编《讲述现代小说》;在《改造》上发表《大阪的反叛》。同月,《想逃脱的心》由银座出版社出版。五月,在《每周日》上发表了《烟火》;在《新大阪晚报》上发表了《我的小说》;同月,两部作品《白痴》《何去何从》分别由中央公论社和真光社发行。六月,在《宝石》上发表《我的侦探小说》;在《潮流》上发表《黑暗的青春》;在《文艺往来》上发表《手掌自传》;在《新潮》上发表《教祖的文学》;在《All读物》上发表《破门》。同月,《堕落论》由银座出版社发行。七月,在《光》上发表《玩具盒子》。同年三月,自己添笔补足的,可称为完整版的《吹雪物语》由新体社发行;春阳堂发行了《赌命》;在《群像》上发表了《分散的日本》;在《文学界》上发表《观念性的其他》;本月,《战争和一个女人续集》被桃蹊书房刊行的《年刊创作集第一辑》收录了进去;九月,所著连载《不连续杀人事件》在《日本小说》上发表。十月,在《世界文学》上发表《没有思想的眼睛》;在《All读物》上发表《邦邦女郎》;同月,

《道镜》由八云书店发行。十一月，在《社会》上发表《决斗》一文；在《讽刺文学》上发表《新假名用法的问题》；同月，《关于欲望》由白桃书房发行。十二月，在《个性》上发表《欺诈的性格》；在《座谈》的创刊号上发表与阿部定的对谈；在《朝日周刊》二十五年周年纪念版上发表了《替青鬼洗兜裆布的女人》。同月，此作品由山根书店发行；《外套与青空》由地平社发行。坂口安吾的选集全九卷从昭和二十二年十二月到二十三年八月由银座出版社发行。最初原本预定发布全十卷，可由于出版社的经营状况不济，到第九卷就结束了。

昭和二十三年（1948年）四十三岁

一月，分别在《新小说》的新春号，《风报》《文艺首都》《罗马风格》《诗学》上发表了《所谓的现代》《献给天皇陛下的话》《给新人》《沦落的青春》《关于第二艺术论》。同月，由山河书院发行了《风博士》。二月，在《女士》上发表了《书桌，被子和女人》；同月，文艺春秋新社发行了《金钱无情》。自三月一日起在《世界日报》每周日版上发表连载《黑暗论语》；同月，分别在《文艺时代》和《中央公论》上发表《我的思想》和《论帝银事件》。四月，分别在《All读物》上发表了《将棋狂》，《文艺春秋》上发表《瞪眼的女人》，《文艺春秋别册》的第六集上发表《五郎三船与真心的手记》。同月，由草野书房发行了《教祖的文学》。五月和六月，分别在《文学界》和《风雪》上发表《三十岁》和《我的葬礼》。六月十五日，听说太宰治失踪，田中英光造访到了热海，伊豆山桃李庄的工作地点。两个人写下了激励太宰治的书信。七月，在《八云》上发表了《鱼女记》；在《新潮》上发表《不良少年和基督教》。八月，在《作品》第一集上，在《All读物》上分别发表了《织田信长》和《太宰治情死考》。九月，在《文学界》上发表了《死和影》。十月，《风与光与二十岁的我》由日本书林刊行。同月，在《文学界》上发表《吴清源论》。十一月，文艺春秋社发行了《竹丛处的家》。同月，《不良少年和基督教》由津人书房刊行，福田恒存编写的《太宰治研究》所收录。十二月，《瞪眼的女人》和《不连续杀人事件》分别由秋天书店和夜晚星社发行。同月，《出家物语》由大元社发行的《现代小说代表选集》所收录。同年，以作品《不连续杀人事件》获得了侦探作家俱乐部奖。

昭和二十四年（1949年）四十四岁

一月，由新潮社发行了《不良少年和基督教》。二月二十三日，因催眠药物中毒，住进东大精神病科医院，四月出院。三月，分别在《文艺春秋》《文学界》《新潮》和《文艺春秋别册》上发表了《知识分子的感伤》《西荻随笔》《日本物语——从寿喜烧开始的一段历史》和《胜负师》。五月，《堕落论》由丹顶书房发行的（日本文艺家协会编）

《文艺评论代表选集》所收录。六月，分别在《文艺春秋》和《文学界》上发表《精神病备忘录》和《精神衰弱的棒球美学论》。同月，由河出书房刊行的（读卖报社文化部编）《文化论笔记》收录了《献给白井明先生的话》与《志贺直哉没有文学方面的问题》两篇。七月，再次出现健康问题，转居到伊东。在将近一个多月的古屋旅馆生活之后，又搬迁到了伊东市冈区广野一的一六〇一号居住地。同月，在《All读物》上发表了《日月》。八月，分别在《文学界》和《座谈》上发表连载《钓鱼师的心境》和《复员人员杀人事件》。十月，又在《群像》与《作品》上分别发表了《我精神的周围》和《小山羊的记录》。十一月，在《文艺春秋》上发表《战后新人论》。八月，《堕落论》又被全国书房刊行的《文艺评论年鉴》所收录。九月，《不连续杀人事件》又作为岩谷选书发行出版。十一月，《群像》上发表《火》（日本物语的续篇）。十二月，《白痴》作为文库本由新潮社出版发行。

昭和二十五年（1950年）四十五岁

一月，在《文学界》上发表《肝脏先生》。《文艺春秋》上发表了连载《安吾巷谈》。同月，《胜负师》由作品社出版发行。三月，分别在《文学界》与《文艺春秋别册》上发表了《由起茂子论》与《水鸟亭由来》。四月，《新潮》上发表《推理小说论》。从五月十九日到十月十八日在

《读卖新闻》上发表连载《街头即故乡》；《新潮》五月号开始到第二年一月，发表连载《我的人生观》。五月，由河出书房出版发行的《现代日本小说大系》里先后收录进了《白痴》《道镜》《黑暗的青春》和《风与光与二十岁的我》。同月，《火》由讲谈社出版发行。八月，《巷谈师》由《文艺春秋别册》第十七集出版。九月，由讲谈社出版了《现代忍术传》。十月，《神传流开祖》由《文艺春秋别册》第十八集出版发行。十月，在《小说新潮》上发表连载《安吾捕物帖》。十二月，文艺春秋社与新潮社分别出版了《安吾巷谈》和《街头即故乡》。同时，以作品《安吾巷谈》获得了文艺春秋社的读者奖。此后还担当了广播小说《天明太郎》的结尾章节的编写，该作品由宝文馆出版发行。

昭和二十六年（1951年）四十六岁

一月，在《文艺春秋别册》第十九集上发表《花天狗流开祖》；二月，在《生活手帐》第十一号刊上发表了《我理想中的老父》。三月至十二月，他站在新的视野和角度在《文艺春秋》上持续发表连载《安吾新日本地理》。这是向过去那种扭曲的日本历史的挑战，这也成为了作为生存工作的安吾历史的序章。为此，他进行了日本各地的旅游。三月，在《文艺春秋别册》的第二十集上发表《九段》；从二月到十二月在《新潮》上连载了自己的评论。四月，在《All读物》上连载了《安吾人生指南》。五月，在《文艺春秋别册》第二十一集上发表《新魔法的使用》；七月，在《文艺春秋别册》第二十二集上发表《跑动的膝盖》；八月，在《文学界》上发表《女忍术的使用》；九月，在《文艺春秋别册》第二十三集上发表《飞弹的面容》。

这年，在《中央公论》文艺特辑第八号和《新潮》（十一月）上分别以国税厅和自行车振兴会为创作对象发表了《胜利之前决不能输》和《无以掩盖的光芒——自行车赛作弊案》而受到了社会极大的关注。十二月，由河出书房出版的《现代日本小说大系》第五十四卷上收录了《风博士》与《黑谷村》这两篇文章。

昭和二十七年（1952年）四十七岁

从一月到八月，《All读物》上连载了《安吾史谭》。（一月，《天草四郎》；二月，《道钟童子》；三月，《柿本人麻吕》；四月，《直江山城守》；五月，《小西行长》；六月，《胜梦醉》；七月，《源赖朝》；八月，《白井玛丽的世纪决斗》。）在《新潮》上发表连载《安吾品行记》。二月，因自行车比赛事件，又从伊东搬迁转移到了桐生市本町二的二六六号居住地的书上邸。六月，在《新潮》上发表《夜长姬和耳男》；八月，在《文艺春秋别册》第二十九集上发表《幽灵》；在《朝日周刊》阳春号上发表《弃母社会》；九月，在《新潮》上发表戏曲《输血》，且在《All读物》上发表《漂流记——安吾搬迁记》。九月，讲谈社出版的《创作代表选集》第十卷上收录了《夜长姬和耳男》。十月一日，在《新大阪晚报》上发表《信长》。从十月六日至昭和二十八年三月七日又在《新大阪晚报》上连载发表《信长》。十月，在《文学界》上发表了《不要再搞军备了》；十一月，在《新日本文学》上发表了与中野重治的对谈《关于幸福》一文。

昭和二十八年（1953年）四十八岁

一月，《犯人》发表在了《群像》上；三月，在《小说新潮》上发表了《都会中的孤岛》；四月，在《文艺春秋》上发表《牛》；同月，《安吾捕物帖》第一集由日本出版协同发行；五月，《信长》由筑摩书房出版。《新潮》上从四月连续四回连载了《文艺评论》。六月，在《文艺春秋》上发表《枭雄》，在《群像》上发表《中庸》，在《文艺春秋别册》第三十五集上发表《决战川中岛上杉谦信》。同月，由讲谈社出版发行了《夜长姬和耳男》。同时，讲谈社刊行的《创作代表选集》第十二卷收录了《牛》。昭和二十八年八月六日，长子坂口纲雄出生。

昭和二十九年（1954年）四十九岁

二月，在《小说新潮》上发表《不起眼的人》；四月，在同刊别册第十五集上发表《握住的手》。六月，又在《小说新潮》上发表《文化节》；在《群像》临时刊上发表《保久吕天皇》七月，在《小说新潮别册》上发表《奈良》。八月，《在朝日周刊别册》上发表《开花的石头》，以及《文学界上》发表《高尔夫和坏伙伴》。八月，在《知性》上发表连载《真书太阁记》。九月，在《新潮》上发表《背叛》。二月与九月，分别由春阳堂和筑摩书房出版发行了《不连续杀人事件》与现代日本文学全集第二十九卷《石川淳、坂口安吾、太宰治集》。十月，在《新潮》上发表了《与石川淳书简往来》。

昭和三十年（1955年）五十岁

一月，在《中央公论》发表《狂人遗书》。同月又在该公论上发表了《新日本风土记》的初版。二月，为了编写《新日本风土记》而前往告知取材。同月，在《中央公论》上发表了第一回的《新日本风土记》；在《小说新论》上发表《能面的秘密》。二月，角川书店出版发行的《昭和文学全集》第五十三卷上收录了《白痴》。十五日，从高知取材归来。二月十七日早晨六时，在桐生市书上邸的租房里，为煤炉点火之时，突发脑出血而与世长别。作为绝笔之作的《嚼沙》在尾崎士郎编辑的《风报》三月号里得到认同。三月，《狂人遗书》《信长》《保久吕天皇》分别由中央公论社、筑摩书房和讲谈社出版发行。四月，池田书店出版了《明天好天气吧》；五月，东方社出版了《徒手杀人事件》。筑摩书房出版了《我的人生观》。

昭和三十二年（1957年）

六月，在新潟市居滨护国神社社内，尾崎士郎主笔的《故乡无言》的石碑树立了起来，并举行了揭碑仪式。